LA DISPARITION
DE JIM SULLIVAN

DU MÊME AUTEUR

LE BLACK NOTE, *roman*, 1998
CINÉMA, *roman*, 1999
L'ABSOLUE PERFECTION DU CRIME, *roman*, 2001, ("double", n° 36)
INSOUPÇONNABLE, *roman*, 2006, ("double", n° 59)
PARIS-BREST, *roman*, 2009, ("double", n° 91)
LA DISPARITION DE JIM SULLIVAN, *roman*, 2013
ARTICLE 353 DU CODE PÉNAL, *roman*, 2017

TANGUY VIEL

LA DISPARITION DE JIM SULLIVAN

LES ÉDITIONS DE MINUIT

www.leseditionsdeminuit.fr

ISBN : 978-2-7073-4323-9

I

1

Récemment, comme je faisais le point sur les livres que j'avais lus ces dernières années, j'ai remarqué qu'il y avait désormais dans ma bibliothèque plus de romans américains que de romans français. Pendant longtemps pourtant, j'ai plutôt lu de la littérature française. Pendant longtemps, j'ai moi-même écrit des livres qui se passaient en France, avec des histoires françaises et des personnages français. Mais ces dernières années, c'est vrai, j'ai fini par me dire que j'étais arrivé au bout de quelque chose, qu'après tout, mes histoires, elles auraient aussi leur place ailleurs, par exemple en Amérique, par exemple dans une cabane au bord d'un grand lac ou bien dans un motel sur l'autoroute 75, n'importe où pourvu que quelque chose se mette à bouger.

Je crois que c'est la raison principale qui m'a fait délaisser la France, que j'ai fini par la trouver trop statique, trop pétrifiée d'une certaine manière, en tout cas inadaptée au besoin d'air que j'ai intensément ressenti à un moment de ma vie et que j'ai commencé à respirer en lisant des romans américains – des romans internationaux, ai-je pris l'habitude de dire, qu'on trouve traduits dans toutes les langues du monde et qui se vendent dans beaucoup de librairies.

Je ne dis pas que tous les romans internationaux sont des romans américains. Je dis seulement que jamais dans un roman international, le personnage principal n'habiterait au pied de la cathédrale de Chartres. Je ne dis pas non plus que j'ai pensé placer un personnage dans la ville de Chartres mais en France, il faut bien dire, on a cet inconvénient d'avoir des cathédrales à peu près dans toutes les villes, avec des rues pavées autour qui détruisent la dimension internationale des lieux et empêchent de s'élever à une vision mondiale de l'humanité. Là-dessus, les Américains ont un avantage troublant sur nous : même quand ils placent l'action dans le Kentucky, au milieu des élevages de poulets et des champs de maïs, ils parviennent à faire un roman international.

Même dans le Montana, même avec des auteurs du Montana qui s'occupent de chasse et de pêche et de provisions de bois pour l'hiver, ils arrivent à faire des romans qu'on achète aussi bien à Paris qu'à New York. Cela, c'est une chose qui m'échappe. Nous avons des hectares de forêts et de rivières, nous avons un pays qui est deux fois le Montana en matière de pêche et de chasse et nous ne parvenons pas à écrire des romans internationaux.

Du jour où j'ai compris cela, je dois dire, j'ai pris une carte de l'Amérique, je l'ai accrochée sur le mur de mon bureau et je me suis dit que l'histoire entière de mon prochain livre se déroulerait là-bas, aux États-Unis.

Je n'ai pas mis très longtemps à choisir la région qui servirait de décor à mon livre et notamment la ville de Detroit, dans le Michigan, qui est une vraie ville internationale, une ville remplie d'asphalte et de métal rouillé, une ville avec des gratte-ciel, des avenues qui n'en finissent pas et toutes ces choses qu'on trouve dans n'importe quelle ville américaine comme New York ou justement Detroit, qui est une ville aussi moderne que New York ou Los Angeles, en tout cas aussi riche d'un point de vue romanesque – beaucoup plus pauvre en vérité depuis son déclin industriel mais la ville parfaite, ai-je supposé, pour placer le décor d'un roman.

Par exemple, à Detroit, d'après ce que j'ai lu sur Internet, un habitant peut percevoir dans son champ visuel jusqu'à trois mille deux cents vitres en même temps. Je n'ai jamais bien compris ce que ça voulait dire, trois mille deux cents vitres en même temps, mais, me suis-je dit, si j'écris une chose comme ça dans mon roman, alors on pourra comprendre que mes personnages habitent une grande ville complexe et internationale, une ville pleine de promesses et de surfaces vitrées. C'est même à ce genre de détails, me suis-je encore dit, qu'on pourra apprendre à connaître Dwayne Koster, qui est le nom de mon personnage principal, de même qu'on pourrait apprendre à connaître

Susan Fraser, l'ex-femme de Dwayne Koster, puisque j'ai remarqué cela dans les romans américains, que le personnage principal, en général, est divorcé. Du moins, c'est souvent à ce moment-là qu'on le découvre, en général autour des cinquante ans, après que sa vie sentimentale s'est un peu compliquée.

Et c'est vrai que Dwayne Koster avait exactement cinquante ans quand commençait mon histoire, que sa vie sentimentale s'était un peu compliquée, et qu'il était divorcé donc, puisque, d'une manière générale, il n'était pas question de déroger aux grands principes qui ont fait leur preuve dans le roman américain.

2

À Detroit, en 1805, ai-je écrit, un gigantesque incendie arasa la ville, qui ne fut plus qu'un tas de cendres dispersées sur le sol, cependant vouée à en renaître, des cendres en question, ainsi qu'on peut encore lire pour devise de la ville : « speramus meliora » et « resurget cinerebus ».

Et sans doute le pasteur enthousiaste qui prononça cette phrase ce jour de 1805, non seulement ne savait pas qu'on frapperait ces mots sur le fronton de l'hôtel de ville mais encore qu'ils seraient si appropriés deux cents ans plus tard, quand Detroit deviendrait une des villes les plus pauvres des États-Unis, une des plus dangereuses, ai-je lu aussi, et l'une des plus inhabitées, du moins au regard des grands quartiers comme quittés à la hâte, abandonnés à la rouille, au verre cassé, à des centaines de chiens errants qui sillonnent le froid des usines mortes et s'effondrent dans la neige avant la fin de l'hiver.

Il faut dire, depuis qu'un certain Cadillac a planté son drapeau sur Griswold Street en 1701, depuis qu'un certain Pontiac a voulu reprendre la ville en 1763, depuis qu'un certain Ford s'est installé à son tour en 1896, la ville a connu les temps prophétiques annoncés par le pasteur et la fumée nouvelle des automobiles, mais elle semble en partie retournée aux cendres qui hantaient sa naissance, partout où la vie enfuie laisse apparaître ce même abandon qu'on peut voir sur mille photos qui circulent sur Internet : un piano détruit dans une salle poussiéreuse, un Caddie rouillé dans un centre commercial, un numéro du *Times* dans une chambre dévastée, un lustre de cristal écrasé sur le sol, un lit d'hôpital surmonté de gravats. En fait, Detroit ressemble à une sorte de Pompéi moderne, dont la lave ne proviendrait pas d'une roche incandescente, plutôt des crédits et des dettes, poussant à cet exode urbain dont la question se pose d'où ils sont allés, tous ces gens, laissant leurs chiens et leurs poubelles pleines, les balançoires dans les jardins qui la nuit avec le vent laisseraient croire que les enfants reviennent.

À Detroit, ce qu'on peut faire quand arrive le printemps, c'est prendre sa voiture par-delà Eight Mile Road pour les rives du lac Saint-Clair, longer les docks du Wayne County Port pour regarder les vraquiers remonter les grands lacs sous l'Ambassador Bridge, longs bateaux qui ne verront sûrement jamais la mer mais croiront quelquefois y être, puisqu'au milieu du lac Erie ou du lac Michigan, on s'y croirait presque, sur la mer, au point que par grand vent, leur étrave plonge et bascule sous l'écume comme en plein océan, au point que les rafales y soulèvent la surface de l'eau comme elles feraient dans l'Atlantique. Et n'étaient les écluses qui font comme des marches géantes entre les lacs, n'étaient les canaux où languissent les laquiers remplis de blé ou de charbon, à Detroit on se croirait quelquefois sur un port du grand large, tout prêt à voir surgir un baleinier de Nantucket, puisque à part quelque gros pétrolier au tirant d'eau impossible, on peut voir de tout sur les grands lacs, des yachts et des cargos, des grands voiliers et des barques de pêcheurs, des vieux gréements et des bateaux à moteur.

C'est dans ce décor-là qu'on rencontrait Dwayne Koster pour la première fois, non pas vraiment sur les rives des grands lacs mais dans les faubourgs de Detroit, au volant d'une vieille Dodge Coronet 1969, sans qu'on sache tout de suite ce qu'il y faisait, dans sa voiture, ayant l'air de remonter les rues comme une patrouille de flics qui ne sait pas trop ce qu'elle cherche, jusqu'à ce que, assez vite cependant, on le voie s'arrêter dans une des longues rues qui s'étendent d'est en ouest sur une dizaine de miles, où déjà la ville s'étiole et ploie sous les grands arbres qui abritent les maisons.

C'est la première scène de mon livre, un type arrêté dans une voiture blanche, moteur coupé dans le froid de l'hiver, où se dessinent doucement les attributs de sa vie : une bouteille de whisky sur le siège passager, des cigarettes en pagaille dans le cendrier plein, différents magazines sur la banquette arrière (une revue de pêche bien sûr, une de base-ball bien sûr), dans le coffre un exemplaire de *Walden* et puis une crosse de hockey.

Assis là au volant de sa vieille Dodge, il regarde fixement les fenêtres éclairées d'une maison dont on peut lire sur la boîte aux lettres le nom de Fraser, sans qu'on sache encore que Fraser est le nom de son ex-femme, donc sans qu'on sache ce que ça voulait dire pour lui, Dwayne Koster, de stationner là dans le soir tombant, mais avec assez d'indices et de nervosité pour qu'on comprenne qu'il n'y était pas indifférent.

Dans la neige qui collait aux roues, ai-je écrit, à l'abri des chiens qui venaient pisser sur la portière, il pouvait passer des heures posté là, dans une solitude telle qu'on aurait dit qu'il jouait dans un film finlandais, à cause du froid qui massacrait ses lèvres, à cause de l'anorak ou des gants qui ne lui suffisaient plus, puisqu'il n'était pas question de laisser le moteur tourner pour avoir du chauffage, et que, de toute façon, à ce moment-là de sa vie, ce qu'on comprenait aussi, c'est qu'il avait envie de ça, se laisser piquer par le froid et la neige et souffrir physiquement.

Il faut dire que Dwayne Koster, au moment où on le rencontrait, au début du livre donc, avait l'air de s'être débarrassé de la vie normale, si la vie normale, c'était ce qu'il avait essayé de construire vingt ans durant et qui maintenant le fuyait comme du sable, si la vie normale c'était les images désormais évanouies de son ancien foyer, ses deux enfants Tim et Dorothy, la vie heureuse avec Susan et jusqu'au souvenir d'une lune de miel aux chutes du Niagara. La chambre 207 de l'hôtel Bristol. La brume atomisée qui entrait par la fenêtre.

Mais tout ça, ai-je écrit, toutes ces choses qu'il revoyait comme en rêve à travers le pare-brise de sa Dodge, elles étaient pour ainsi dire forcloses en un lieu très lointain, vie antérieure dont sur son visage ne restait plus désormais que le deuil inamovible. Là, ai-je encore écrit, perdu dans la nuit du Michigan, la seule chose qui réconfortait Dwayne Koster, c'était de glisser dans l'autoradio son album préféré de Jim Sullivan, et d'écouter en boucle des chansons comme *Highways* ou *UFO*, en se disant que c'était dommage que la terre entière n'écoute pas un chanteur pareil, et dommage aussi qu'il ait disparu, Jim Sullivan, dans des conditions si étranges.

Je ne sais pas si c'est le moment de parler de ça, mais le fait est que beaucoup de choses restent encore mystérieuses quant à la disparition de Jim Sullivan, il y a presque quarante ans, dans le désert du Nouveau-Mexique. On a bien retrouvé sa voiture en bordure du désert, mais on n'a jamais retrouvé son corps, ni non plus aucune trace d'une lutte ou d'une présence, seulement sa Coccinelle garée là, quelque part près de Santa Rosa, vitres et portes closes, sans le moindre choc ni effraction. Et c'est vrai que ce genre de choses, en Amérique, si en plus vous êtes un chanteur un peu mystique, si votre disque le plus connu s'appelle *UFO* (ce qui veut quand même dire « ovni » en anglais), alors pour certains de ses fans, ça ne faisait aucun doute, Jim Sullivan avait été enlevé par des extraterrestres. D'autres évoquent un règlement de comptes avec une mafia locale, d'autres encore une bavure policière. Mais c'est vrai que ça reste une énigme, la disparition de Jim Sullivan, une énigme qui bien sûr fascinait Dwayne Koster, sans quoi je n'aurais pas intitulé mon livre *La Disparition de Jim Sullivan*.

Mais Dwayne Koster avait autre chose à penser qu'à Jim Sullivan, quand derrière les rideaux du 224 Romeo Street, il voyait évoluer la silhouette de Susan Fraser, celle-là même qui pendant si longtemps, regrettait Dwayne, s'était appelée Koster, avant donc de reprendre son nom de jeune fille – et c'était précisément le genre de choses qui le faisaient boire un peu plus, les yeux brûlés par la fumée envahissante du tabac dans l'habitacle, ou bien par l'excès de toute chose dans son corps, vu que la bouteille de whisky sur le siège passager, elle n'était plus pleine depuis longtemps.

En le voyant là, dans la neige qui fondait à vue d'œil, on aurait eu du mal à croire que c'était le même homme qui pendant vingt ans avait mis chaque matin un costume bien repassé, une chemise blanche et une cravate plutôt colorée pour se rendre à l'université du Michigan, ainsi qu'il faisait, Dwayne Koster, professeur à l'université.

J'ai remarqué cela aussi dans les romans américains, que toujours un des personnages principaux est professeur d'université, souvent à Yale ou à Princeton, en tout cas un nom qui résonne à travers le monde entier – quoique pour ma part j'ai mis longtemps à savoir dans quelle faculté Dwayne Koster enseignerait, avant de comprendre que s'il habitait à Detroit, alors il était logique qu'il ait un poste à l'université la plus proche et donc, ainsi que j'ai pu me renseigner, à Ann Arbor qui est le nom d'une petite ville dans la banlieue de Detroit, laquelle est aussi une excellente université, même si elle est moins prestigieuse que Berkeley ou UCLA.

Ce que j'ai imaginé tout de suite, à Ann Arbor, c'est le grand bureau de Dwayne Koster, avec des livres de tous les côtés, la vue sur les pelouses rases du campus et les étudiants par dizaines qui venaient s'asseoir dans les amphithéâtres, habillés comme des Américains, avec des chemises à carreaux et des Converse aux pieds, qui à la fin des cours venaient poser à Dwayne des questions sur la littérature, car je ne l'ai pas dit encore, mais Dwayne Koster enseignait la littérature. La littérature américaine, bien sûr. Il avait même soutenu une thèse remarquée sur l'influence de *Moby Dick* dans le roman contemporain, quoique là-dessus, je n'ai jamais trop insisté, par crainte d'être ennuyeux. Et sur la porte semi-vitrée de son bureau, comme sur celles des commissariats qu'on voit dans les films, il y avait son nom comme gravé dans du verre, Dr Dwayne Koster.

3

J'ai essayé de comprendre, plus tard, pourquoi je l'avais appelé Dwayne Koster mais je n'ai pas trouvé. Je sais seulement qu'un jour de juin, tandis que je regardais la carte des États-Unis accrochée sur le mur de mon bureau, est apparu ce nom-là, Dwayne Koster, posé sur sa silhouette dans les rues de Detroit, et je me suis dit que c'était ça, qu'avec ce nom-là je pouvais commencer à construire quelque chose, avec tout ce qui est apparu au presque même instant, Jim Sullivan et sa vieille Dodge, Susan son ex-épouse et la ville de Detroit, cette même ville dont au fil du temps il était devenu l'habitant type, ou plutôt l'âme damnée qui en aurait épousé tous les drames et les ruines – quoique Dwayne n'y soit pas né, à Detroit, ni nulle part dans le Michigan, mais tout à l'opposé, en Floride, près des marais qui bordent le golfe du Mexique, avant que sa famille ne déménage pour le Grand Nord, en tout cas ce qu'enfant il avait perçu comme le Grand Nord, avec les grands lacs gelés du Wisconsin qui contrastaient avec la chaleur humide de Tallahassee.

La plupart du temps, c'est l'inverse qui se produit : les gens quittent le Michigan pour la Floride, ils quittent la neige boueuse du Nord pour la douceur tropicale de Daytona Beach, au point de faire de la Floride l'État le plus vieux des États-Unis, je veux dire, où la moyenne d'âge est la plus élevée, vu qu'en général les gens s'y retirent autour de soixante ans et y meurent doucement, après un dernier lifting, dans une clinique luxueuse. Mais les Koster, eux, ont fait exactement le contraire, d'autant plus le contraire qu'en 1962, d'après ce que j'ai lu, les gens commençaient sérieusement à quitter Detroit, en tout cas les Blancs fuyaient en masse la ville et l'insécurité de la ville, bien avant les émeutes de 67 qui mettraient la ville à sang, bien avant que les usines automobiles essayent de masquer la violence ou le déclin en fabriquant des voitures de plus en plus rutilantes, de plus en plus musclées, comme par exemple la Dodge Coronet que Dwayne conduisait trente ans plus tard sur les routes du Michigan.

Donc Dwayne Koster traverserait les États-Unis du sud au nord un jour de 1962 – son père Donald au volant de sa grosse Buick Skylark jaune, Moll sa femme à côté de lui, Dwayne assis derrière regardant s'éloigner la chaleur de Floride, avant de s'arrêter dormir dans un motel un peu désert de Géorgie où ils avaient dû avaler des frites trop grasses et où Moll s'était sentie obligée de récurer la douche avant d'y entrer – j'insiste sur certains détails, non pas qu'ils soient importants en eux-mêmes mais parce que j'ai remarqué qu'on n'écrit pas un roman américain sans un sens aiguisé du détail, que la saleté de la douche ou le ressort grinçant du matelas ou bien la lumière de la lune qui tombait sur le visage inquiet de Dwayne, ce devait faire comme des flèches que j'aurais lancées dans le cœur du lecteur.

Dans cette chambre où il n'arrivait pas à s'endormir, ai-je écrit, la seule chose qui réjouissait Dwayne, c'était qu'ils allaient se rapprocher d'Auntie Joyce, la sœur de Moll installée à Chicago, que désormais ils ne rateraient pas une dinde de Thanksgiving ensemble, puisque entre Detroit et Chicago, si ça roule bien, c'est cinq heures maximum, presque moins que pour aller aux chutes du Niagara, que bien sûr Dwayne ne connaissait pas non plus, sinon la carte postale aimantée sur le frigo que leur avait envoyée la même Auntie Joyce trois ans plus tôt, au dos de laquelle était écrit quelque chose comme : « Lee et moi vous embrassons, les chutes sont magnifiques, c'est le seul endroit du monde digne d'une lune de miel ».

Et cela, cette carte postale, ce n'était pas un détail, vu que, grâce à elle, on entendait parler pour la première fois de Lee Matthews dans mon histoire. Or Lee Matthews était un personnage important de mon roman, pas seulement parce que c'était grâce à lui que Dwayne avait rencontré Susan, pas seulement parce que lui, Dwayne, vouait à Lee Matthews une reconnaissance presque infinie depuis qu'un samedi de mars 1975, grâce à Lee donc, il avait croisé pour la première fois Susan dans les salons du yacht-club de Norton Shores, sur les rives de l'océan – je veux dire, sur les rives du lac Michigan, mais là-bas tout le monde dit l'océan. Mais donc, ce n'est pas le moment de parler de Lee Matthews, dès lors qu'il arrivait bien plus tard dans l'intrigue, ainsi qu'il se fait dans ce genre de livres, que certains personnages arrivent bien plus tard dans l'histoire. Et la seule chose qui comptait au début, c'était qu'il les avait effectivement présentés l'un à l'autre, Dwayne et Susan, avant qu'ils se revoient assez souvent pour commencer à se promener ensemble puis tomber amoureux puis se marier, et ce genre de choses en cascade qu'on trouve dans les romances américaines.

Et puis donc divorcer.

Et puis donc planquer là, à quelques centaines de mètres de chez elle, se demandant chaque soir ce qu'il avait accompli de la vie d'un Américain normal – rien, rien du tout, se répondait-il à lui-même, en continuant de ruminer sa vie sous les acacias qui peu à peu dégivraient, à mesure que passaient les jours, à mesure que Jim Sullivan déroulait ses ballades dans l'autoradio, à mesure que les enfants tournaient en rond comme des mouches autour de sa vieille Dodge.

Quelquefois, là, dans Romeo Street, quelquefois il éjectait le disque de Jim Sullivan et il allumait la radio, comme pour s'obliger à se souvenir que dehors il y avait un monde qui continuait de tourner. D'autant plus que ce monde, au printemps 2003, perçu depuis le Michigan ou du fin fond du New Hampshire, c'était le début de la guerre en

Irak – de ce genre d'événements qu'on ne passe pas sous silence quand on est américain, je veux dire, écrivain américain, de ce genre d'événements qui planent au-dessus des livres et savent impliquer les personnages dans les problèmes de leurs temps. C'est une chose dont on ne peut se passer en Amérique, la présence d'événements récents qui ont eu lieu en vrai comme la destruction des tours ou la crise financière ou bien l'intervention en Irak. Ce sont des choses qui doivent faire comme une onde de choc sur les personnages, de sorte que même un Américain comme Dwayne Koster, à un moment ou à un autre, devait être concerné par la guerre en Irak, pas directement, bien sûr, mais disons, indirectement. Et c'est ce qui arriverait. Plus tard dans mon livre, c'est ce qui arriverait.

Et les enfants maintenant ressortaient leurs vélos, se demandant qui était ce type qui faisait le piquet dans leur rue et la nudité des arbres. Et certains plus audacieux plantaient leur nez contre la vitre et regardaient à l'intérieur le visage de Dwayne qui ne les regardait pas, l'œil fixé sur les rideaux du 224, maintenant qu'il avait repéré comme une autre ombre derrière le rideau, non plus seulement celle de Susan ou de ses enfants, mais la silhouette d'un homme qui avait l'air à l'aise, là, dans la cuisine de Susan Fraser, la même silhouette qui deux heures plus tôt, un bouquet de fleurs à la main, avait à peine pris le temps de s'essuyer les pieds sur le « welcome » du paillasson.

À voir Dwayne, à voir le visage de Dwayne et entendre la pensée de Dwayne à ce moment-là, ce n'était pas une bonne idée qu'il se tienne à cette place-là, l'homme en question, ni sans doute à aucune place, pensait Dwayne, quand on apprenait bientôt qu'il le connaissait, et même, apprenait-on aussi, qu'ils enseignaient dans la même université – du moins du temps où Dwayne enseignait, si je peux dire tout de suite qu'au moment où commençait cette histoire, ça faisait longtemps qu'il n'avait pas mis les pieds sur le campus, pour toutes les raisons que j'aurai l'occasion d'expliquer plus tard et auxquelles peut-être, je dis bien peut-être, l'homme en question n'était pas étranger.

Mais donc, pour en revenir à lui, le type derrière la fenêtre, Dwayne ne l'avait jamais trop aimé – le genre de collègue un peu arrogant qu'on salue dans les couloirs en s'efforçant de sourire, le genre dont on se dit que sûrement il a fait partie de l'équipe de football américain quand il était plus jeune, et dont Dwayne, secrètement, espérait qu'il n'aurait jamais un poste de titulaire à Ann Arbor, qu'il retournerait bientôt d'où il venait, c'est-à-dire de sa petite université du Minnesota, avec sa petite équipe de football et ses petites majorettes. Mais bien sûr, bien sûr ce n'était pas ce qui arriverait.

Toujours est-il que, même si Dwayne n'était plus le mari officiel de Susan, même s'il s'était passé mille choses depuis leur séparation, il est certain qu'il ne pouvait pas supporter que ce soit Alex Dennis – Alex Dennis, oui, c'était son nom, gravé lui aussi sur la porte de son bureau au département de littérature de l'université – que ce soit Alex Dennis, disais-je, qui vienne s'essuyer les pieds sur le paillasson de Susan, un bouquet de fleurs à la main.

4

À Detroit, Susan Fraser aussi se reflétait trois mille deux cents fois dans les vitres de la ville. Susan aussi habitait cette ville inquiétante et si pleine de promesses, avec sa fille Dorothy qu'elle emmenait à l'école le matin dans son 4×4 Toyota, avec les toasts qu'elle faisait griller pour Tim – au fond, toutes ces choses qui concernaient le quotidien de l'Amérique, cette Amérique-là, moyenne et même un peu aisée, dont il fallait camper la routine et la fatigue rentrée, les vies inaccomplies qu'on décrypte sur les rides dans les clubs de fitness, en tout cas celui où Susan avait l'habitude de se rendre deux fois par semaine, parce qu'elle a toujours été assez sportive, Susan, et qu'elle a toujours pris soin d'elle dans les salles de gym et les parcs pour joggeurs.

Autrefois, elle a même beaucoup joué au tennis, luttant contre le vent pervers dans les longues plaines du Michigan, collectionnant les médailles qui traînaient désormais au fond d'un tiroir oublié, puisque ça faisait longtemps maintenant qu'elle avait arrêté. De temps en temps seulement, elle tapait dans une balle au Country club de Sterling Heights, avant de déménager pour Rochester Hills, qui est sans doute un peu moins chic que Sterling Heights, vu que Sterling Heights, c'est ce qu'il y a de plus chic autour de Detroit. Même, Sterling Heights, d'après ce que j'ai lu, est la sixième ville la plus sûre des États-Unis.

Je ne sais pas comment ils calculent des choses comme ça mais le fait est que Sterling Heights, du haut de ses soixante mille habitants, n'est pas septième, n'est pas cinquième mais bien sixième, tandis que Rochester Hills, quoique tranquille et vaste comme n'importe quel faubourg du nord américain, n'est même pas sur la liste. Et donc Susan avait trouvé une maison à Rochester pour une somme correcte, quelque chose autour des cent cinquante mille dollars, tout au bout de Romeo Street, et ça l'avait fait sourire, Romeo Street, avec les phrases du juge prononçant son divorce qui résonnaient encore à ses oreilles.

Toujours est-il qu'elle pouvait y ranger son 4×4, sur l'allée de dalles blanches qui menait au garage, y loger Tim et Dorothy chacun dans une chambre, et saluer ses voisins d'un signe de tête en attendant de les connaître un peu mieux, alors qu'à Sterling Heights, pendant toutes ces années, avec Dwayne ils avaient eu le temps de les connaître, les dizaines de voisins avec qui ils avaient organisé tant de barbecues géants, avec les Garret et les Amberson, à force d'heures passées pour elle devant l'évier à éplucher des légumes et les couper en lamelles pour l'apéritif, à force de nuits de poker passées pour lui avec George Radcliffe ou surtout Ralph Amberson quand il n'avait pas trop peur de perdre ses cinquante dollars de mise.

Sûrement qu'ils avaient mille souvenirs de fous rires dans l'été et d'hivers qui n'en finissaient pas, de déblayer la neige à coups de pelle en parlant des enfants, les Halloween où sous n'importe quel masque elle aurait su dire quel enfant lui réclamait quel bonbon et les remarques sur les fleurs qu'ils demandaient à Ralph et Becky d'arroser quand à Pâques chaque année ils allaient en Floride. Mais ça c'était avant. Maintenant ses voisins ne savaient pas quelles fleurs elle faisait pousser dans son jardin et j'étais porté de plus en plus à croire qu'elle n'avait ni le temps ni l'envie de faire pousser des fleurs, ni même de connaître ses voisins.

Susan et son sourire ravageur. Susan et son mètre soixante-huit. Susan et ses yeux noirs. Même si je ne suis pas trop pour décrire physiquement les personnages, je ne peux pas m'empêcher d'évoquer les yeux noirs de Susan, profonds comme un lac volcanique, et ses cheveux bouclés, longs et noirs aussi, quelque chose à la Sigourney Weaver, le genre de fille qu'on aurait pu imaginer dans un bureau du Renaissance Center à diriger le service commercial d'une firme automobile aussi bien que dans un concert punk au Masonic Temple. Surtout cela, un concert punk au Masonic Temple.

Je suis né trop tard pour adhérer au mouvement punk mais c'est une des premières choses que je me suis dites, que ce serait bien qu'un personnage ait eu une jeunesse punk à Detroit, peut-être même qu'il rencontre l'amour à un concert d'Iggy Pop et puis qu'un peu plus tard, assagi par les années, il fasse son voyage de noces aux chutes du Niagara. C'est exactement ce qui est arrivé à Susan Fraser : la première fois qu'elle a embrassé Dwayne Koster, c'était le jour du concert mythique d'Iggy Pop au Masonic Temple, le 23 mars 1977, et sans savoir qu'elle allait devenir sa femme à lui, Dwayne, encore moins la mère de ses enfants, sans savoir qu'ils passeraient leur lune de miel dans la rumeur des chutes ni que vingt ans plus tard, elle le regretterait. En tout cas, que certaines choses avec le temps s'effriteraient – pas l'amour, pas le sentiment de l'amour qui sûrement était trop ancré dans un lieu lointain du temps (quelque part au Masonic Temple dans les yeux d'Iggy Pop), mais peut-être l'évidence d'être ensemble ou la possibilité d'être ensemble, à force des fissures dans leur couple, bientôt trop profondes pour être réparées.

Il faut dire que Dwayne avait un défaut : il buvait beaucoup. Et à l'entendre il avait une excuse : il avait fait le Vietnam. Même si ses pires souvenirs se situaient dans un camp d'entraînement de l'Ohio, même s'il avait cent fois remercié Nixon d'avoir mis fin à ce bourbier au moment où il montait dans l'avion, il se souvenait assez des heures maudites allongé dans la boue, avec un caporal vicieux qui appuyait sa Rangers sur sa nuque en disant « Rampe, Koster, rampe », pour que des années plus tard, il arrive encore qu'il saccage ses nuits à coups de Jack Daniel's et d'insomnies brûlantes qui lézardaient les murs de son cerveau à lui.

Alors à force, les lézardes, elles étaient devenues des brèches que Susan n'essayait plus de colmater, les mêmes brèches dont Dwayne dans sa voiture déplorait la largeur en continuant de surveiller ses allées-venues à elle – qui le savait très bien.

Qu'il était là, elle le savait très bien mais elle ne disait rien, pourvu qu'il ne franchisse pas la limite légale qu'elle avait obtenue auprès du juge, les deux cents mètres de restriction qui l'obligeaient à prendre des jumelles pour être sûr de bien voir.

Et il voyait très bien. Il voyait très bien le rire d'Alex Dennis et les grands gestes d'Alex Dennis, et toutes ces attitudes qu'il avait subies des dizaines de fois dans les couloirs de l'université quand il le regardait parader avec telle étudiante, en citant Jack Kerouac ou bien William Burroughs, vu qu'il était spécialiste de ça, Alex Dennis, la beat generation, et que forcément, pensait Dwayne, forcément c'était plus glamour que *Moby Dick*.

Et comme il repensait à ça, à ça et à mille autres choses qui avaient assombri sa vie, ça faisait comme une réaction chimique qui cristallisait là, dans sa vieille Dodge blanche un peu salie par l'hiver, où sous son crâne, à la seule vision d'Alex Dennis, sourdaient des expressions beaucoup plus limpides pour le lecteur, des expressions plus violentes et plus cristallines que les enfants dehors déchiffraient sur ses lèvres, des expressions comme « fils de pute » ou « trou du cul », avec des mots qui sonnent mieux en américain comme « asshole » ou « mother fucker », le genre de mots qui laissent supposer un certain passif entre les êtres et même supposer que ce passif, à un moment ou à un autre, il faudra le liquider.

Sauf qu'on n'en apprenait pas plus au début. Au contraire, le problème restait là, suspendu à la fin d'un chapitre, et on attendait la suite pour comprendre comment on en était arrivé là.

Même si je n'aime pas trop les flash-backs, je savais qu'il faudrait en passer par là, qu'en matière de roman américain, il est impossible de ne pas faire de flash-backs, y compris des flash-backs qui ne servent à rien, quand souvent il y a des pages entières sur la mère du héros ou le père du héros mort depuis longtemps, au point qu'on en arrive à oublier qu'on est dans le passé, et qu'alors, quand on revient au présent, on a l'impression que c'est le contraire, je veux dire, que c'est le personnage principal qui ne sert plus à rien. Pour ma part, j'ai essayé de faire attention à ne pas m'éterniser dans le passé des personnages, mais il y a quand même des choses qu'il fallait raconter, des choses à propos de Dwayne Koster, des origines de Dwayne Koster, et si je puis dire, des fêlures de Dwayne Koster.

II

1

En 1652, tandis que le Mayflower avait déjà traversé l'Atlantique depuis plus de trente ans, un certain Johannes Hendrick Koster se serait embarqué aux Pays-Bas sur un navire marchand qui l'aurait déposé quelques semaines plus tard sur la côte est des États-Unis, après avoir essuyé deux tempêtes, fait escale à Terre-Neuve, et finalement accosté au moyen d'une petite barque sur les rivages de ce qu'on appelait alors la Nouvelle-Amsterdam.

Unique héritier d'une riche famille de drapiers hollandais, le jeune et impulsif Johannes se serait d'abord ruiné dans l'autre Amsterdam, l'ancienne donc, après avoir investi la fortune familiale dans le marché naissant de l'horticulture – plus précisément dans celui de la tulipe dont les premiers bulbes venaient tout juste d'arriver de Turquie et faisaient fureur, au point qu'en quelques mois de l'année 1637, le cours de la tulipe s'était envolé de manière totalement irrationnelle et avait provoqué du même coup l'engouement boursier de quelques financiers aventureux, Johannes Koster en tête, qui crut bien un temps avoir entre ses mains cent fois la somme investie. Mais Johannes Hendrick, comme quelques-uns de ses trop suffisants amis, allait assister, impuissant, au premier krach boursier de l'histoire de l'Occident quand, en cette même année 1637, et après que le bulbe de la tulipe aurait atteint la somme délirante de 2 500 florins, le cours s'en était soudainement effondré. On avait alors pu voir, en quelques jours, des dizaines de spéculateurs se pendre ou se noyer dans la mer du Nord, plus honteux que ruinés, tant l'épisode secoua l'Europe entière et en fit sourire plus d'un.

Quant à Johannes, tombé dans un état de neurasthénie profonde, on pouvait, paraît-il, le rencontrer quelquefois, arpentant les pavés du port d'Amsterdam, fantôme prophétique qui mettait en garde les jeunes pèlerins contre les mirages du nouveau monde. Mais un jour, racontait la grand-mère de Dwayne, un jour, alors qu'il n'avait encore que quarante ans, il croisa sur les quais le regard de la belle Bethsabée. La légende dit qu'alors il recouvra la vie et l'esprit d'aventure, et qu'il l'emmena là-bas, aux Indes occidentales, où quelques semaines plus tard ensemble ils accostaient sur le rivage de la Nouvelle-Hollande pour fonder un foyer dont ils étaient tous, les Koster d'Amérique, les descendants directs.

Toi aussi, Dwayne, insistait sa grand-mère, toi aussi tu es un Koster d'Amérique. Toi aussi, ta vie saura fluctuer de haut en bas et inversement. Et elle remerciait le ciel d'être américaine et elle disait toujours des choses un peu mystiques concernant son pays.

Elle, Abigail de son prénom, elle était native d'un village d'Alabama, dont elle précisait toujours que le seul événement marquant qui s'y était produit était le passage du Wild West Show en 1901, où elle avait quand même vu, de ses yeux vu, Sitting Bull et Buffalo Bill en personne. Mais ce qui l'avait le plus marquée, racontait-elle, c'était le numéro d'Annie Oakley, la tireuse la plus rapide de l'Ouest, qui d'un coup de fusil avait enlevé la cendre sur la cigarette de son mari à vingt-cinq mètres de distance et dont elle, Abigail Koster, avait réussi à récupérer le sept de trèfle coupé en deux à plus de trente mètres.

Je n'ai pas écrit tout ça dans mon roman. C'est seulement que j'ai dressé des portraits de mes personnages pour mieux les comprendre, y compris les personnages les plus secondaires. J'ai fait des fiches. C'est comme ça que j'ai su des choses sur Johannes Koster. C'est comme ça que j'ai su des choses sur Abigail. C'est comme ça que j'ai su, par exemple, que le père de Dwayne était démocrate. C'est comme ça que j'ai découvert, par exemple aussi, que Moll Koster, la mère de Dwayne, avait un amant – quoique cela, oui, je l'ai vraiment raconté dans mon livre, vu que ça concernait Dwayne au premier chef, puisqu'il avait surpris l'amant en question dans le lit de sa mère quand il avait à peine dix ans, et encore pas n'importe quel jour mais un jour qu'on trouve cité dans tous les romans américains bien avant le 11 septembre 2001, je veux dire, le 22 novembre 1963.

Lui, Dwayne, si je peux raconter ça ici, il regardait la télévision quand on a interrompu son émission préférée pour prévenir l'Amérique que le président Kennedy venait de mourir là, à Dallas, à midi, d'une balle qui avait atteint son crâne et l'avait tué sur le coup. Alors forcément, quand il a entendu ça, Dwayne, il a bondi du canapé et il a grimpé l'escalier, avec pourtant assez de vitesse pour que ses pas résonnent et alertent les amants, mais la passion ou la furtivité ou toute chose qui les rassemblait bibliquement à cet instant a voulu qu'ils n'entendent rien des pas insistants de l'enfant, de sorte que, sans crier gare, Dwayne a poussé la porte de la chambre et est entré là, devant eux, où malgré l'adultère ils ne se cachaient pas sous les draps, nus donc, et pour ainsi dire vautrés l'un dans l'autre. Et ils étaient là, arrêtés, essoufflés dans la presque obscurité, tandis que lui, l'enfant, se tenait dans l'encadrement de la porte et ne disait rien, pas même que John Fitzgerald Kennedy était un homme désormais mort.

Alors la silhouette de l'homme s'est comme déplacée dans la nuit et Dwayne s'est retrouvé comme ça, dans l'ombre foudroyante d'un homme qu'il ne connaissait pas le dominant soudain, se levant et criant « petit con », « petit con, sors d'ici ou je te bute ». Et sous la voix qui faisait comme un tunnel sans visage, Dwayne a reculé jusqu'au couloir, puis redescendu aussi vite l'escalier.

Plus tard, il se souvenait qu'il avait couru ce jour-là dans la campagne, avec la voix qui avait l'air de le poursuivre jusque dans les fourrés, sous les branches des futaies qui le griffaient, jusqu'à s'écrouler sur un rivage et s'endormir là, essoufflé sur l'herbe humide. Il se souvenait que quelques heures plus tard, sa mère se penchait sur lui et lui disait qu'il avait rêvé, qu'il avait l'air d'avoir fait un cauchemar. Et quelques instants il l'a crue. Et si le président Kennedy n'était pas vraiment mort, il la croirait peut-être encore.

C'est là, à mon avis, que commençait vraiment toute l'histoire, quarante ans avant que Dwayne Koster fasse le pied de grue devant la maison de Susan. C'est là qu'était né l'enfant outré qui quarante ans plus tard embuait son pare-brise en essayant de dissoudre ses mauvaises pensées dans les chansons de Jim Sullivan, se promettant qu'un jour il irait là-bas, au Nouveau-Mexique, comme en pèlerinage se recueillir dans le désert, non pas sur la tombe de Jim puisqu'il n'avait pas été enterré, mais dans la région de son ravissement, si du moins c'était ça qui s'était passé, si du moins Dwayne pensait que c'était ça, les ovnis et toutes ces choses qu'on racontait à propos de Jim Sullivan.

Lui, Dwayne, il se voyait déjà dormir dans le même motel de Santa Rosa, sur l'ancienne route 66, là où sa Dodge Coronet ne dépareillerait pas, s'il existe seulement un endroit des États-Unis où elle aurait dépareillé, si seulement aux États-Unis une voiture peut dépareiller. Même garée là, dans Romeo Street, elle était à sa place.

Dans Romeo Street, ai-je écrit dans mon roman, la seule chose qui n'était pas à sa place, la seule chose qui ne serait jamais à sa place selon Dwayne, c'était Alex Dennis.

2

Et c'est vrai qu'il y avait plus d'étudiants assidus aux séminaires d'Alex Dennis qu'à ceux de Dwayne Koster. Et c'est vrai que ça horripilait Dwayne, quand il se permettait de lui dire (lui, Alex, à Dwayne), qu'il devrait consacrer plus de temps à la recherche, et ce genre de remarques un peu acides qu'on trouve dans les romans de campus – non pas que j'aie pensé un instant écrire un roman de campus mais du fait que certains personnages avaient à voir avec l'université, alors il y avait forcément des remarques de ce genre-là, des remarques qui pouvaient se faire devant une machine à café dans la salle des profs, là où Alex toujours précédait Dwayne, lui souriait de ses grandes dents blanches et des vingt centimètres qu'il avait de plus que lui.

Et tout ça n'aurait jamais été plus loin si Alex Dennis était retourné comme prévu dans le Minnesota et n'avait pas obtenu un poste à Ann Arbor.

Ça n'aurait pas été plus loin, surtout, si dans la même année, au moment où Alex Dennis cherchait une maison dans la banlieue de Detroit, un magazine américain n'avait pas publié la liste des villes les plus sûres des États-Unis et placé Sterling Heights à la sixième place.

Lui, Dwayne, il revoyait encore le semi-remorque planté là dans Beaver Street, la GMC noire qui l'avait précédé et la grande fille blonde qui en était descendue, avec ses hauts talons qui avaient l'air de prévenir son mari qu'elle ne soulèverait pas un carton de la journée – et elle avait quel âge alors, Kimberley, vingt-neuf, trente ans, on aurait dit un peu plus à cause du maquillage ou bien d'être contrariée ce jour-là d'avoir quitté le Minnesota. Comme si on pouvait être contrarié de quitter le Minnesota, penserait Dwayne, la Louisiane, je comprendrais, le Massachusetts je comprendrais, mais le Minnesota.

Mais contre toute attente, Dwayne aurait bientôt l'occasion de le lui dire personnellement, à Kimberley, dans son propre jardin quand par politesse ou masochisme, en tout cas sous prétexte d'être collègue et voisin, Susan a pensé que ça se faisait, oui, de les inviter à dîner, ça se fait, a insisté Susan et donc convaincu Dwayne, qu'un samedi ou un autre, là, chez lui, il supporterait Alex Dennis à dîner à sa table.

Pour tout dire, j'ai pensé longtemps que mon livre commencerait là-dessus, sur ce grand dîner qui poserait tous les personnages ensemble et donnerait une vraie idée de l'Amérique, à cause de plusieurs romans que j'avais lus qui commençaient comme ça, sur une grande scène où il ne se passe rien mais qui permet de présenter tout le monde.

J'ai longtemps réfléchi à ce qu'un romancier américain aurait fait avec ça, un dîner dans l'Amérique blanche du Michigan, avec Dwayne qui ferait griller deux kilos de bœuf sur sa terrasse, avec l'odeur des pins et les conversations autour du baseball, avec Ralph et Becky qui se joindraient à eux pour que Dwayne soit moins seul. J'ai longtemps réfléchi au genre de pages qu'il aurait écrites, le romancier américain, à seulement suivre Susan dès seize heures éplucher ses carottes et répartir le guacamole dans les coupelles, à vérifier cent fois la cuisson des aubergines pendant que Dwayne, en bermuda dans le jardin, se préparait déjà à enflammer le journal, avais-je fini par écrire, vu qu'à un moment, oui, bien sûr, j'étais obligé de faire comme un romancier américain, décrire vraiment les cocktails dans les verres et chaque objet dans la cuisine, depuis le Kitchenaid que Susan s'était vu offrir à Noël jusqu'à l'abri de jardin que lui, Dwayne, avait construit de ses propres mains, oui, de ses propres mains, insistait Susan tandis qu'elle faisait visiter la maison à Kimberley, ainsi qu'on le fait aux États-Unis, où les femmes font visiter leur maison beaucoup plus qu'en France, pendant que les hommes dans leurs transats essaient de trouver des sujets communs.

Et c'est quand même dingue, disait Dwayne, que malgré l'incroyable saison 1984, Lance Parrish n'ait pas encore pu prétendre au Temple de la renommée. Son tour viendra, lui répondait Ralph en laissant tomber un glaçon dans son verre, déplorant du même coup le destin des Tigers, qui depuis près de vingt ans déclinaient sans sursaut.

Il faut dire, de toutes les années où se déroulait mon histoire, de toutes les années où Dwayne Koster aurait pu partager avec Ralph Amberson le souvenir de voir le batteur des Tigers frapper jusque dans les gradins, de toutes les années où il aurait pu repartir chez lui avec une balle aussi mythique que celle du Polo Grounds de New York en 1951, de toutes ces années les Tigers avaient traversé une plutôt sale période, sans le moindre trophée, sans le moindre match mythique, de sorte qu'à Dwayne, comme à Ralph, comme à tous les supporteurs des Tigers, il restait seulement à se remémorer les exploits d'autrefois, quand ils avaient quand même gagné quatre fois la Série mondiale, en 1935, 1945, 1968 et surtout en 1984, se souvenait Dwayne, quand ils avaient battu les Padres de San Diego, avec des joueurs aussi talentueux que Lance Parrish ou Kirk Gibson qui ce jour-là, d'après ce que j'ai lu, avaient fait les plus beaux *home run* de leur saison – les mêmes *home run* dont Dwayne, avais-je écrit, revoyait en rêve les merveilleuses courbes dessinées par la balle, comme des comètes dans la voie lactée.

Si le batteur, ai-je écrit, frappe assez fort la balle pour qu'elle quitte les limites du terrain, si aucun joueur de l'équipe adverse ne parvient à l'intercepter, si donc ledit batteur peut parcourir les trois bases du diamant (ainsi qu'on nomme la partie du terrain en question) avant de revenir dans le marbre (ainsi qu'on nomme la place initiale du batteur) en même temps que chaque baseman avance d'autant, s'il se passe tout ça, alors oui, il y a *home run*.

Mais depuis 1984, il faut dire, le phénomène était rare. Depuis 1984, Dwayne comme Ralph avaient eu le temps de remercier le ciel de les faire vivre à Detroit, c'est-à-dire la ville où le vrai sport emblématique, le vrai ciment entre les êtres, ce n'est pas le baseball, non, c'est le hockey sur glace.

Nous, en France, bien sûr ça nous fait bizarre de mettre une équipe de hockey sur glace dans un livre, parce qu'alors on pense à Chambéry ou à Annecy, et qu'on n'imagine pas souvent raconter des histoires qui se passent dans ces villes-là, je veux dire, des villes où il est plausible qu'il y ait une équipe de hockey – quoique même à Brest, j'ai appris qu'il y avait une équipe de hockey sur glace, ce que je n'aurais jamais soupçonné, parce que c'est quand même un sport violent, un sport extrêmement sauvage qui va très bien avec une certaine idée de l'Amérique et à mon sens, beaucoup moins bien avec une certaine idée de la Bretagne, un sport qui convient très bien à des types comme Dwayne Koster, si on considère comme les Américains que dans le sport on exorcise ses démons, si on considère surtout que Dwayne Koster est un personnage plus complexe et plus sombre qu'il en a l'air et que, comme beaucoup d'Américains, il y a des volcans qui sommeillent dans son cerveau – le type de volcans qui peuvent se réveiller d'un instant à l'autre.

Mais ce soir-là du barbecue, ils ne s'étaient pas réveillés, les volcans, au contraire, avec l'alcool tout s'était adouci, et Susan en silence remerciait Ralph d'à chaque instant négocier la distance qui séparait Dwayne d'Alex Dennis.

Ce sont surtout des choses comme ça, ai-je souvent pensé, que le romancier américain aurait écrites, je veux dire, pas seulement l'odeur des pins dans la nuit éclairée, pas seulement le bruissement des érables dans le vent du soir, mais de quoi déchiffrer sur les plissements des fronts, dans l'inquiétude des lèvres, ce qui se passait dans la tête de chacun, les pensées passagères et les désirs souterrains, là, dans le jardin des Koster, la façon de se pencher de Becky quand elle aidait Susan à mettre les choses sur la table – on aurait dit qu'elle avait calculé au détail près à partir de quel bouton mal fermé on pourrait deviner le départ de ses seins, la façon dont Alex lui souriait un peu gêné, à Becky Amberson, et celle dont Susan la regardait se pencher pour qu'on puisse lire sur son visage à elle, Susan, dans le mouvement d'œil qui l'amenait aussi vite sur le regard fuyant d'Alex, qu'on puisse y lire, non pas qui était Becky, non pas qui était Alex mais peut-être qui était Susan, et toutes ces choses qui méritaient des pages et des pages pour qu'on comprenne ce qui allait se passer, ou qu'on croyait qui allait se passer, vu que certaines choses ne se passeraient pas et certaines autres, oui.

3

Un temps pourtant, sous les feuilles éclairées des érables, dans la tête de Dwayne, Alex Dennis fut comme une pièce de puzzle qui se serait mise toute seule à sa place, à ce point qu'en fin de soirée, ce n'est pas Ralph mais Dwayne lui-même qui a proposé à Alex de se joindre à eux la prochaine fois qu'ils feraient un poker, par exemple la semaine prochaine, a dit Dwayne en trouvant que c'était une bonne idée d'avoir un nouveau partenaire, un gars qui leur avait dit qu'il n'y jouait pas souvent, alors il se faisait une joie de lui faire une petite démonstration, quand le lendemain ils se sont dit avec Ralph que finalement, ce gars-là, une fois qu'on oublie les apparences, il est plutôt sympa.

Et donc la semaine suivante, ils s'étaient installés tous les quatre dans le sous-sol de Dwayne aménagé pour ça, avec le tapis de feutre qui recouvrait la table, les quatre verres déjà pleins, et surtout ce droit de fumer à l'intérieur qu'elle, Susan, concédait une fois par mois à son mari, à condition qu'il ne perde pas plus de cinquante dollars dans la nuit.

Et donc ils avaient joué comme d'habitude, à la Texas Hold'em, deux cartes découvertes sur la table, les trois autres on les achète le double de la mise et s'il y en a un qui met plus, dans ce cas, on est d'accord, il faut que tout le monde égalise avant de retourner. Ensuite, c'est comme d'habitude, tu payes pour voir, tu montes, ou bien tu te couches quand tu veux. Bon, ils étaient bien d'accord, ils jouaient le même jeu, ils étaient abonnés au même magazine et ils avaient regardé le même championnat à la télévision.

Alors peut-être que simplement, ils n'auraient pas dû ouvrir la deuxième bouteille de brandy. Peut-être qu'ils auraient dû savoir qu'outrepassant une règle, ils les transgresseraient toutes. Les une heure du matin. Les cinquante dollars max. Le demi-paquet de clopes. La bouteille unique. Tout avait volé en éclats à mesure surtout qu'Alex gagnait et que Dwayne ne se résignait pas à le laisser partir avec cinquante dollars qui lui appartenaient.

Mais le problème au poker, c'est que pour récupérer cinquante dollars, la première chose qu'il faut faire, c'est en remettre cinquante en jeu, de sorte que très vite, là, au centre de la table, sous la lumière franche qui éclairait le tapis, écrit sur un bout de papier, il y avait déjà trois cents dollars que venait de poser Dwayne en espérant qu'il se couche, lui, Alex, qu'il préférera perdre les cent dollars déjà investis que de relancer de deux cents et que ce qui compte, a pensé Dwayne, c'est juste qu'il parte pas avec mes cinquante dollars.

Sauf que tout ça, il se le dit en se passant le majeur sur les lèvres, et sans savoir que les tours d'avant, c'est bizarre, s'est dit Alex, mais il ne le faisait pas, expliquera-t-il à Dwayne plus tard, tu comprends, je l'ai vu tout de suite, a dit Alex à Dwayne, que tu n'avais pas de jeu, je l'ai vu tout de suite parce que si tu avais eu vraiment du jeu, expliquera-t-il à Dwayne plus tard, tu aurais caressé ton alliance, c'est-à-dire que tu l'aurais fait, expliquera encore Alex, pour éviter qu'on croie que tu avais du jeu, et notamment pour éviter de te gratter le bras, vu que tu as essayé de me faire croire toute la soirée que ton tic, c'était de te gratter le bras, donc tu savais très bien qu'en faisant ça je penserais que tu avais du jeu, je veux dire, si toi, tu crois faire le contraire de ce que tu ferais normalement et que moi, je sais que tu feras le contraire dans l'un ou l'autre sens, alors je sais ce que tu fais. Et il l'avait embrouillé comme ça, comme il savait faire, Alex Dennis, et comme Dwayne apprendrait qu'il savait faire.

Mais à cette époque-là, non, à cette époque-là Dwayne ne savait rien d'autre que de s'être fait un nouvel ami et que finalement, ce n'est pas tous les jours, dans la vie calée d'après quarante ans, non, ce n'est pas tous les jours qu'on a des nouveaux potes.

Toujours est-il qu'à un moment de la soirée, Dwayne s'est quand même levé en jetant ses cartes sur la table, débiteur de plus de quatre cents dollars, et disant : je laisse tomber. Quatre cents dollars, a pensé Dwayne plus tard, ça fait cher le nouveau pote.

Mais le pire alors, c'est que Susan s'en est rendu compte. Quatre cents dollars. La même Susan plus vexée que son mari, qui pensait déjà que tout le quartier le savait, alors elle évitait Beaver Street. Même, elle évitait le supermarché habituel pour ne pas croiser Kim et ne pas avoir à composer un visage, quelque chose pour cacher la honte ou l'orgueil qu'elle craignait qu'on lise sur son regard. Alors, à force de soirées nerveuses et de regards tendus au sein de son foyer, Dwayne s'en est ouvert à Ralph qui lui-même en a parlé à Alex, que c'était trop bête, cette histoire, pour quatre cents dollars, on pourrissait tout le quartier. Alors Alex, pour arranger ça, un après-midi que Dwayne n'était pas là, il est allé sonner chez Susan.

Et l'idée qu'il avait au fond de lui ce jour-là, personne ne le saura jamais, mais la raison officielle, c'était qu'il venait apporter les quatre cents dollars et s'excuser, s'il est logique de venir s'excuser auprès d'une épouse d'avoir plumé son mari au poker.

Alors Susan, des deux options qu'elle pensait avoir, d'entre lui claquer la porte au nez ou bien déjà le faire entrer en prenant sa main dans la sienne et l'entraînant sur le canapé, au fond elle n'a pas tellement hésité.

Finalement, c'est peut-être pour ça que je suis venu, il lui a dit une heure plus tard, nu dans le lit conjugal, en refaisant l'histoire qui les avait amenés là, repensant au chemisier de Becky le soir de leur rencontre, et tout ce qu'eux deux savaient déjà quand tard dans la soirée ils avaient fait le tour du jardin, derrière les haies d'aubépines et les rhododendrons – toutes choses que j'avais décrites dans le détail pendant la scène du barbecue, de sorte qu'on comprenait déjà ce qui allait se passer, même si on ne savait pas encore laquelle d'entre Becky Amberson et Susan Koster allait tomber dans les bras d'Alex, mais que déjà chaque phrase échangée entre eux deux, Alex et Susan, avait dispersé dans l'air tous les signes du désir.

Mais enfin, ce soir-là, il ne s'était rien passé. Devant les braises éteintes du barbecue, il ne s'était rien passé, ou disons, rien d'autre que le sentiment naissant de savoir que ça arriverait, dès lors que les gens qui se rencontrent et s'attirent en silence comme Alex et Susan, ces gens-là savent dès le départ comment ça finira, et savent déjà comment ils finiront par refaire le film de leur rencontre en se regardant sur un oreiller.

Mais ce qu'aucun couple d'amants n'évoque jamais sur aucun oreiller, le sujet qui plane silencieux dans les chambres adultères, c'est ce que ça fait dans leur tête à chacun quand après l'amour et l'interdit, quand après que le lit a été refait et la porte refermée, alors chacun reprend la vie normale, par exemple elle, Susan, qui vient de déposer les quatre cents dollars sur le buffet à l'entrée en attendant le retour de Dwayne, Susan qui s'affaire dans sa cuisine en attendant de croiser son regard à lui quand il enlèvera son manteau dans le couloir, Susan qui passe cent fois sa main sur sa jupe comme pour effacer les derniers indices de sa faute, avec ce sentiment si neuf et si pénible d'avoir posé comme une bombe dans sa vie, une bombe qu'elle promène avec elle dans chaque pièce de la maison en se demandant ce soir-là, au moment d'évoquer devant Dwayne les quatre cents dollars qu'Alex est venu rapporter, quand elle explosera.

Alors le lendemain quand lui, Alex, sonnera à nouveau chez elle, avec déjà cette manie d'avoir un bouquet de fleurs à la main, le lendemain elle ouvrira la porte un peu moins grand que la veille, et le regardant de ses grands yeux noirs, elle dira « non », elle dira, « je suis désolée, non, je ne peux pas », et plein de choses comme ça qu'on appelle vertu ou simplement fragilité.

Et comme elle redonnait un tour au verrou de sa porte, elle était si soulagée d'avoir désamorcé sa bombe à elle qu'elle était à des milliers de miles de penser que lui, Dwayne, dans sa vie il y en avait une aussi, une bombe qui pouvait exploser – une bombe qui s'appelait Milly Hartway.

4

J'ai souvent hésité pour savoir dans quel ordre raconter toute l'histoire, à cause des différents personnages qui la traversaient et donc les différentes lignes narratives qui finiraient par se recouper plus ou moins mais requéraient forcément la patience du lecteur. Mais je n'ai jamais douté que c'était comme ça qu'on écrivait un vrai roman américain, surtout si je voulais que ça fasse comme une fresque, ainsi qu'il est souvent écrit sur la quatrième de couverture, souvent il est écrit « véritable fresque qui nous entraîne dans les méandres de l'humanité » et ce genre de phrases tout à fait attrayantes qui expliquent le caractère international du livre.

Toujours est-il que c'est ce moment-là que j'ai choisi, après qu'Alex et Susan avaient pour ainsi dire entamé puis clos leur liaison, pour qu'on découvre l'autre pan de la vie de Dwayne Koster, un pan qui s'appelait Milly Hartway – Milly, oui, ainsi qu'il était écrit sur la broche qu'elle accrochait chaque soir à son chemisier blanc, qu'elle enlevait vers minuit et déposait sur l'étagère en partant, dans cette cafétéria de Warren où donc elle travaillait. Je ne sais pas pourquoi, j'ai toujours pensé que toutes les serveuses d'Amérique s'appelaient Milly, qu'elles portaient une jupe noire et un chemisier blanc, qu'elles avaient forcément une vie sentimentale un peu houleuse avec le type désœuvré qu'on pouvait voir à l'autre bout du comptoir, le même type qui lui promettait pour la énième fois qu'il ne boirait plus et que cette fois ça marcherait entre eux, le même type à qui Dwayne finirait par ressembler un peu, à force d'attendre là qu'ils partent ensemble dans la nuit et partagent un motel, ce qui donc quelquefois arrivait.

J'ai écrit des pages entières sur Dwayne et Milly, sur leur amour naissant dans les parkings et les promenades sous les pins, quand des semaines durant ils apprirent à ruser comme on apprend à le faire avec les heures cachées, loin sur les autoroutes et les stations-service, jusqu'au jour de leur première nuit dans un motel de Grand Rapids, loin là-bas dans l'intérieur des terres, où ils pouvaient être sûrs que personne ne les reconnaîtrait. Or cela, il valait mieux. Que personne ne les reconnaisse, il valait mieux, vu qu'elle n'était pas seulement serveuse, Milly Hartway, pas seulement celle qui déposait un mug de café ou une bière devant lui dans son bar de Warren mais d'abord, et surtout, son étudiante.

Oui, son étudiante, et c'est seulement pour gagner sa vie qu'elle travaillait dans cette cafétéria de Warren, dans laquelle il n'aurait jamais mis les pieds si entre eux déjà, sur le campus d'Ann Arbor, il n'y avait eu mille signes qui les liaient l'un à l'autre, quand dans son grand bureau elle venait si souvent s'asseoir en face de lui, sans même cacher le chewing-gum qu'elle mâchait en souriant, exhibant le tatouage qu'elle avait sur l'épaule, en même temps qu'elle s'inquiétait de la note qu'elle aurait au prochain examen.

Alors, au fil des mois, à force de regards silencieux et de sourires prolongés qui traversaient l'amphithéâtre, à force ils réduisaient chacun le fossé qui séparait les deux côtés de l'estrade, jusqu'à ce qu'un soir, ai-je écrit, un soir elle entre là dans son bureau sans même frapper à la porte et lui demande comme ça, lui demande s'il peut la raccompagner en voiture jusqu'à son travail, parce qu'elle va être en retard – non, pas comme ça, elle ne lui a pas demandé ça comme ça : d'abord, elle lui a parlé de littérature, d'abord elle lui a demandé des choses sur le narrateur de *Moby Dick*, et puis au fil des minutes, à force qu'ils quittent le bâtiment ensemble en devisant sur le roman, au fil des minutes ils se sont tacitement approchés de sa voiture sur le parking du campus (à l'époque ce n'était pas une Dodge, non, mais une Chrysler métallisée, plus familiale, moins romanesque aussi), et puis donc, à un moment, elle a regardé sa montre en feignant de s'étonner, elle a posé sa main sur sa bouche en disant « je suis en retard » et puis elle lui a demandé si ça ne le dérangeait pas de l'emmener jusqu'à Warren. Elle était comme ça, Milly Hartway.

Et donc il a dit oui. Et donc ils ont roulé sur la quatre-voies qui les emmenait à Warren. Et donc il s'est arrêté sur le parking de la cafétéria. Sauf qu'au moment de descendre, au lieu d'ouvrir sa portière et le remercier pour le trajet, voilà, elle a mis sa main à elle sur sa cuisse à lui.

Elle était très jolie, Milly Hartway. Et puis elle était une des seules filles inscrites à son séminaire. Alors quand même, a pensé Dwayne, c'est comme un signe du ciel. Et puis il a passé son bras à lui derrière son épaule à elle.

Elle, Milly Hartway, à cause des presque trente ans qui les séparaient, à cause du mascara qui allongeait ses cils, elle, dans la tête de Dwayne Koster, c'était comme une bille de plomb qui faisait basculer son cerveau, assez délurée pour porter un piercing sur le nombril, assez cultivée pour lire des romanciers aussi sophistiqués que Thomas Pynchon ou Don DeLillo. Et fumant nus comme ils faisaient sur les lits des motels, des heures durant ils pouvaient vivre ainsi, parlant de sexe et de littérature, s'entrelaçant comme des amants qu'ils devenaient, avant de remettre tout en ordre dans leur vie, et repartir chacun de son côté. Et Dwayne commençait à aimer Milly. Et Milly commençait à aimer Dwayne. Et leur histoire ressemblait à un roman.

C'est vrai, disait Dwayne, notre histoire ressemble à un roman, on dirait du Jim Harrison, tu ne trouves pas ? Et elle lui répondait que non, que c'était une histoire pour une femme, une histoire pour Laura Kasischke ou Joyce Carol Oates. Ou bien du Richard Ford, songeait-il en regardant un papillon nocturne s'agacer sur le plafonnier. Peut-être Alice Munro, pensait-elle. Non, je sais, reprenait-il, c'est du Philip Roth. Et il disait ça à cause des bruits d'orage que faisait son cerveau, que d'un côté il était l'homme de raison qui enseignait à l'université, de l'autre il était comme cette bête sauvage et concupiscente qui découvrait sur le tard la sexualité – ça oui, c'est du Philip Roth, disait Dwayne. Mais elle, comme elle n'aimait pas trop Philip Roth et qu'elle voulait absolument avoir le dernier mot, alors elle disait le seul nom qui était hors du jeu, le seul nom qui les laisserait forcément silencieux et rêveurs, elle disait William Faulkner.

Et quand il la regardait encore nue se recoiffer dans la glace, quand ensemble ils regardaient la Dodge blanche à vendre sur le parking du garage, à chaque minute il préférait ne pas penser à l'effondrement que ça ferait si un jour par malheur leur relation s'ébruitait, c'est-à-dire si la bombe qu'il tenait comme vissée sur son corps décidait d'exploser.

5

Et bien sûr ça arriverait. Bien sûr, des deux bombes qu'ils avaient chacun tenues dans leurs mains, Susan et Dwayne, c'est la sienne, Dwayne, qui exploserait. Du moins c'est la sienne, ai-je écrit, dont un tiers enclencherait le compte à rebours et compterait jusqu'à dix pour voir l'effet produit.

C'était sur son portable à elle, Susan Fraser (un), tandis qu'elle roulait sur la quatre-voies qui surplombait Downtown (deux). Sans doute ça l'a surprise un peu d'entendre la voix de Becky (trois) qui avait l'air de seulement lui demander quelques nouvelles et laissait comme des blancs (quatre), à force d'avoir quelque chose à dire (cinq), a-t-elle compris très vite, quelque chose de grave ou de fâcheux qu'elle repoussait un peu (six). Et Susan, lancée sur l'autoroute, le téléphone coincé sur l'oreille, essayait de ralentir (sept), expliquant qu'elle ne pouvait pas rester longtemps parce qu'elle conduisait (huit). Bien sûr, a dit Becky, mais il faut quand même que je te dise quelque chose, à propos de Dwayne (neuf). Et puis elle a hésité (neuf et demi). Et puis elle l'a dit (dix). Elle a dit : Milly Hartway.

Et Susan silencieuse s'est garée sur le bas-côté. Elle a posé calmement le téléphone sur ses genoux, avec la voix de Becky à l'intérieur qui répétait son prénom s'évaporant dans l'habitacle, la voiture comme secouée par les courants d'air des camions qui la frôlaient, tandis qu'elle actionnait machinalement le lave-glace qui répandait l'odeur d'alcool, indifférente aux premières jonquilles qui envahissaient les jardins alentour.

Elle n'a rien dit, Susan. Elle n'a pas demandé si elle était sûre de ce qu'elle avançait, ni comment elle savait ça – par exemple, je ne sais pas, qu'un certain Dennis les ait surpris par hasard sur le parking d'Ann Arbor, que le même Dennis ait passé du temps avec Becky Amberson, non, tout ça, elle n'en aura rien pensé, Susan.

Elle est restée là, sur le bord de l'autoroute, une heure peut-être, et puis elle est rentrée. Le soir, elle n'a rien dit. Le lendemain elle n'a rien dit, ni même le surlendemain. Il y a peut-être eu un peu plus de silence au petit déjeuner. Elle écoutait peut-être un peu moins les informations à la radio. Mais elle ne disait rien. Peut-être que ça aurait pu durer infiniment. Peut-être que chaque soir, elle tirait à pile ou face pour savoir si elle le lui dirait ou pas. Et puis un jour, voilà, elle le lui dit. Elle craignit plusieurs fois de le faire, et puis un jour elle le fit. Et tout fut très simple.

Elle a dit : je ne veux plus te voir. Elle a dit : va-t'en, prends tes affaires et pars. Et le plus curieux peut-être, c'est que Dwayne ne dit rien. Il continua de tourner sa cuillère dans son mug sans trop lever la tête, comme quelqu'un préparé à ça, comme quelqu'un qui pourrait se lever tranquillement un matin, tranquillement quitter la chambre et puis descendre dans son garage et, je ne sais pas, se mettre au volant de sa voiture puis faire tourner le moteur jusqu'à l'asphyxie. Mais ce n'est pas ce qu'il fit.

Non, ce n'est pas ce qu'il fit pas plus qu'il n'eut au fond une pulsion suicidaire, à moins qu'on nomme aussi pulsion suicidaire ce qu'il fit réellement, à savoir de remplir deux valises et rouler dans le soleil du matin en se disant qu'il n'habitait plus là, que l'herbe si verte ou la façade si blanche, que maintenant sa maison était comme envahie de termites qu'il ne saurait pas combattre, qu'alors il fallait qu'il parte loin, à l'autre bout de l'Amérique, dans l'Oregon peut-être ou dans le Dakota du Nord – et quoique ce n'était pas le genre de Dwayne Koster de s'exiler, si s'exiler cela signifie recomposer une à une chaque donnée de son existence, avec le cortège de décisions qu'il aurait fallu prendre, non, cela, ça n'a jamais été Dwayne Koster. Et quand bien même j'ai toujours veillé à ce que Dwayne puisse évoluer, quand bien même j'ai toujours tenu à laisser une chance à Dwayne Koster, pour l'heure il aurait assez à faire à recomposer les brisures de ce qui lui servait de présent pour ne pas entrevoir un futur stable et souriant à l'autre bout du pays, d'autant qu'à quarante-sept ans, aux

États-Unis autour de l'an 2000, même en supposant qu'on s'exile dans le Mississippi ou l'Alaska, même en supposant qu'on arrive à réécrire son passé, on n'est pas sûr de retrouver un travail ni un endroit où s'installer.

On ne saurait jamais vraiment, dans mon roman, pourquoi il a fait ça, pourquoi il n'a pas menti ou quitté Milly sur-le-champ, pourquoi il est monté dans sa voiture avec dans son coffre les quelques objets qu'il n'aurait laissés pour rien au monde à Susan ni à personne : son exemplaire de *Walden*, ses disques des Stooges, sa crosse de hockey – oui, la crosse de hockey, parce que je m'étais dit que ça pourrait servir, je veux dire, de savoir qu'un type un peu nerveux comme Dwayne se promène avec une crosse de hockey dans le coffre de sa voiture, sans être sûr qu'elle servirait forcément ni à quelles fins mais juste que c'était une possibilité. Beaucoup de choses étaient ainsi dans la tête de Dwayne, une possibilité.

Et dans le soleil qui montait, ai-je écrit, Dwayne s'était mis à rouler, rouler jusqu'à ce qu'une mer ou un lac ou bien une panne d'essence ne décide pour lui d'où s'arrêter. Souvent, déjà, il faisait ça, prendre sa voiture jusqu'à la première station-service, faire le plein jusqu'à ras-bord, où même ses mains sentaient l'essence quand il se remettait au volant, et puis il décidait de rouler, de rouler droit vers l'ouest ou le sud, en suivant les panneaux verts qui déjà indiquaient les grandes villes comme Denver ou Chicago. Et la seule chose qui l'arrêtait, c'était son réservoir vide, comme un contrat passé avec lui-même, ou bien la seule limite que son cerveau était capable de trouver, comme si soudain, quand le moteur se mettait à tousser sur l'Interstate 80 à la frontière de l'Iowa, comme si soudain il se réveillait d'une séance d'hypnose, venant de passer cinq ou six heures sur les routes cotonneuses, absent de tout paysage – rien de plus dans sa mémoire qu'une représentation abstraite, picturale, de l'Amérique des ciels et des plaines, si seulement l'Amérique c'est autre chose que ça, des ciels, des plaines et des routes qui les traversent.

Mais cette fois-là, ai-je encore écrit, dans la nuit qui recouvrait son âme, il y avait comme un point lumineux qui brillait à l'horizon. Cette fois-là, dans le jour qui lui ouvrait la route, Dwayne Koster se dirigeait vers l'ouest en se disant que peut-être il trouverait refuge là-bas, à deux cents miles exactement de Detroit, sur les rives du lac Michigan, chez un certain Lee Matthews.

6

Sur Lee Matthews aussi j'avais une fiche. Bourgeoisie de la côte est. Fils d'un député républicain. A grandi à Rhode Island. Installé à Chicago. Marié à la sœur de Moll Koster, donc oncle de Dwayne (par alliance). Études d'histoire à l'université de Pennsylvanie. Dans sa jeunesse, a fait quelques fouilles archéologiques au Moyen-Orient avant de dévier pour le monde marchand des antiquaires. Magasin d'antiquités à Chicago. Gros réseau. Possède une villa à Norton Shores. Même, préside le yacht-club du coin. A sans doute eu une aventure avec la mère de Dwayne. Peut-être : c'est lui que Dwayne a surpris dans le lit de sa mère le jour de l'assassinat de Kennedy – quoique finalement je n'ai pas développé ça. Ça restait une possibilité, bien sûr, mais je ne l'ai pas développée, même si le père de Dwayne s'en est toujours méfié, de Lee Matthews, et ne l'aimait pas trop.

Non, je n'aime pas trop ce type, disait exactement Donald Koster. Peut-être par suspicion. Peut-être parce que Lee Matthews était républicain, tandis que chez les Koster, le dernier président républicain qu'on avait soutenu, c'était sans doute Abe Lincoln. Et même si Lee était assez malin pour éviter le sujet en servant le brandy les soirs de Thanksgiving, tout le monde savait. Tout le monde savait que Lee Matthews était le fils d'un ancien député républicain et qu'il n'avait jamais renié ses origines pour ainsi dire texanes – je dis texanes, non parce qu'il en venait vraiment, du Texas, mais parce que c'est comme ça qu'on se représente le mieux, je trouve, une famille de républicains, en tout cas moi je la vois comme ça, dans son fief ou ranch près d'un puits de pétrole, sous le soleil un peu dur qui oblige à garder le Stetson sur la tête, avec un accent à couper au couteau. Mais Lee Matthews n'était pas du tout texan, plutôt issu de la bourgeoisie distinguée de la côte est, qui passait ses vacances dans le Connecticut avant de rejoindre New York en septembre. Et c'était peut-être ce versant-là, côte est, sophistiqué et charmeur, cultivé et élégant, qui avait valu à Dwayne de s'opposer à son père, à ce point que la seule personne qui désormais faisait comme un refuge, c'était lui, Oncle Lee.

Et Dwayne était à peu près sûr de le trouver là-bas, Oncle Lee, à Norton Shores, dans les fauteuils du yacht-club le plus réputé du Middle West – le genre d'endroit où on est sûr de croiser toute la gentry de l'Illinois et du Michigan réunis, si toute la gentry ce sont les quelque cent, cent cinquante personnes qui y ont tissé une toile assez serrée pour que tout nouvel arrivant ne se sente pas le bienvenu, en tout cas ose à peine entrer dans l'espace ouaté du salon, encore moins s'asseoir dans les fauteuils clubs devant la baie vitrée qui domine l'eau du lac, où des soixantenaires trouvent seyant de conserver leurs casquettes de faux lieutenants en buvant du brandy, discutant affaires malgré l'air d'être en week-end, éternels chandails bleu marine ornés d'éternelles ancres blanches, classiques chaussures de pont à peine délavées par le soleil, en tout cas pas usées par le sel ni l'iode, absents de l'air qu'ils respiraient là, sur les ponts en teck de leurs bateaux.

Et en effet il était là, Lee Matthews, soignant son réseau d'amitiés et d'affaires, ce qui pour lui se mêlait étroitement depuis près de quarante ans, depuis qu'il avait mis les deux pieds dans le monde pour ainsi dire offshore des antiquités, c'est-à-dire depuis qu'il avait ouvert un magasin à Chicago au début des années 60, depuis qu'il sillonnait l'Amérique pour acheter ou vendre tout ce qui lui tombait sous la main, attendu que le réseau de Lee Matthews ne s'arrêtait pas au yacht-club de Norton Shores.

Non, il ne s'arrêtait pas là, et ce n'est pas la moindre des choses, dans la suite de cette histoire, que dans son magasin de Clark Street à Chicago, parmi toutes les pièces qui y transitaient, certaines avaient fait un beaucoup plus long chemin que depuis les greniers du Maine ou de Caroline du Sud, par exemple, ces dernières années, depuis Kaboul ou Bagdad, par exemple des vases ou des statues antiques qui avaient longtemps trôné sereinement dans les musées autochtones, et qui par quelle magie géopolitique avaient assez voyagé pour atterrir là, dans les vitrines de Lee Matthews – autant de choses que j'ai développées longuement dans mon roman et dont il faudra bien, à un moment, reparler, du fait que Dwayne Koster finirait par y être un peu lié, aux histoires de Lee Matthews, du fait justement qu'il était venu là chercher refuge, dans les bras de cet oncle un peu véreux, ai-je écrit plusieurs fois, et si accueillant en même temps.

Si accueillant surtout, a ressenti Dwayne ce soir-là, quand il est entré dans le salon du yacht-club et qu'il s'est discrètement assis sur un tabouret, en attendant que Lee le remarque et vienne vers lui. Et Lee viendrait vers lui

Et devant un whisky commandé par lui, Lee, Dwayne expliquerait son histoire, et peut-être même un peu plus que son histoire, peut-être les sentiments d'amertume et de trahison qui allaient avec, qu'il avait tout quitté, que maintenant il était là, démuni, sans plus rien qu'une voiture et un oncle attentif qui déjà avait recommandé un whisky, lui disant qu'il pouvait compter sur lui, que bien sûr il pouvait l'héberger là, dans sa villa de Norton Shores, mais que le mieux pour lui, Dwayne, c'était un petit chalet qu'il possédait plus au nord, du côté du lac Huron.

Je ne sais pas si c'est très clair géographiquement, que là, ils sont sur les bords du lac Michigan, à deux cents miles à l'ouest de Detroit, alors que le chalet se trouve à quarante miles de Detroit mais plus au nord, puisque le lac Huron se trouve au nord du lac Michigan. D'une manière générale, il faut dire, c'est toujours un problème d'expliquer les distances dans un roman. Si ça ne tenait qu'à moi, je publierais dans mon propre livre une carte de la région avec les déplacements des personnages, pour être sûr que tout soit clair.

Mais donc, pour en revenir à Dwayne, s'il voulait, Lee Matthews lui donnait les clés et Dwayne s'installait là, dans cet endroit où il n'allait jamais – le genre de chalet qu'on trouve beaucoup près des lacs, avec dedans le minimum pour vivre et même un poêle pour l'hiver, et puis un matériel de pêche digne d'un professionnel, le genre où même les gens très riches de temps en temps vont communier avec la nature. Et Dwayne a accepté.

Ensuite, ils ont parlé de différentes choses, de Susan bien sûr, de Milly bien sûr, de sexe un petit peu, et puis aussi, après trois whiskys, il n'a pas pu s'empêcher, il a fallu qu'il parle des choses qui fâchent, oui, il a fallu qu'il parle d'Alex Dennis, parce que pour lui c'était sûr, c'était ce salopard de Dennis qui les avait vus ensemble, avec Milly, ce salopard de Dennis qui avait été raconter partout ce qu'il avait vu, et que si un jour je le recroise, a dit Dwayne, si un jour je le recroise.

Mais s'il y a un problème que tu n'arrives pas à résoudre, a relevé Lee Matthews, tu peux compter sur moi. Même, je veux dire, a ajouté Lee, si un jour tu as un problème de personne, je peux m'en occuper, insistait Lee, c'est-à-dire pas m'en occuper directement mais faire en sorte que le problème s'évanouisse, tu comprends, que ta vie s'allège en quelque sorte, je peux faire ça pour toi, Dwayne. Et le prenant par l'épaule, il avait insisté là-dessus, que s'il voulait voir son problème disparaître, il n'avait qu'à l'appeler, il ne fallait pas hésiter, qu'il avait les bonnes personnes, les bons contacts, a dit Lee en gardant la main sur l'épaule de Dwayne qui peut-être n'a pas compris exactement où il voulait en venir ni de quoi il lui parlait, mais l'a remercié chaleureusement de lui procurer un toit, même un modeste chalet de pêche, même au milieu de nulle part.

7

Et puis soudain, tout s'apaise. On tourne la page et voilà que tout se tait, comme une sorte de mer étale qui semble hésiter à reprendre son mouvement, où le soleil tiède distribue partout ses molécules de lumière, sur les arbres et les fleurs, sur l'eau qui s'écoule près des roches arrondies, les aiguilles de pins qui tapissent le sol et les forêts de mélèzes qui obscurcissent le jour. Voici les heures dévouées à la nature, aux montagnes éternelles et aux plateaux déserts, aux forêts épaisses, à la cime des arbres qui tamisent la lumière, branches de chênes parcourues d'écureuils, chiens de prairie se faufilant dans les clairières, troncs rongés par mille castors occupés à renforcer leur digue, et même la vie des insectes semble déborder, installée au pied d'eux.

Là, au bord de la rivière – car l'eau qui coule fait le lit d'une rivière sauvage, quelquefois tumultueuse, quelquefois alanguie – il y a un type allongé sur une berge, à l'endroit où la chute d'eau se pose, éclairé par le rayon vaporeux du soleil. Il a les yeux à demi fermés, il semble dormir. Il entend la rumeur régulière de la cascade qui coule derrière lui, qui presque refroidit l'air et irise la flore. À cet instant, il pourrait voir un cerf se dresser au-dessus de lui, qui viendrait boire à la source. Il pourrait admirer son reflet dans l'eau claire et méditer sur ce spectacle rare, ou mythique, oui, mythique est le mot qui convient dans la nature américaine.

Dwayne connaissait bien ça, la nature sauvage du Nord Michigan, les truites qui sautent dans les rivières et les couleurs d'automne qui se perdent dans l'eau fraîche. Avec Ralph, ils avaient mille souvenirs de week-ends avec les packs de bière dans le break Mercury et les heures à méditer en posant des lignes dans Saginaw Bay. Quelquefois même, ils allaient jusqu'au Canada pour trouver des endroits poissonneux, vu qu'il y a plus de poissons dans les eaux canadiennes, avait remarqué Ralph, avec des espèces aussi variées que l'esturgeon noir, la perchaude, l'achigan à petite bouche et le poisson-soleil, autant de noms sans visage qui respiraient dans la bouche de Ralph, au coin du feu le soir, et leur donnaient l'impression qu'ils faisaient un avec la nature, comme si les âmes des Indiens s'étaient mises à flotter dans les airs, oui, se disaient-ils en frémissant, quelque chose de sauvage et de presque inhumain, quand chaque phrase a l'air de prendre la forme d'une pensée chamanique, discutant de ce que c'est que de pisser du haut d'un rocher et toutes ces choses que Dwayne avait lues mille fois dans mille romans qui le fatiguaient un peu, disait-il, les feux de camp et les ours qui fouillent dans les poubelles, dans les romans, oui, ça le fatiguait un peu. Mais dans la vie en vrai, à ce moment de sa vie, c'était ce qu'il lui fallait, un peu d'eau claire et des peupliers à perte de vue. Et puis bien sûr, bien sûr Milly Hartway.

Pourvu qu'il mette encore un peu d'essence dans la Dodge, pourvu qu'il fasse les quarante miles qui séparaient Port Huron de Warren, alors il venait encore s'installer là, sur les hauts tabourets de la cafétéria où elle travaillait toujours, Milly, dans le Formica rouge qui teintait tout l'espace. Elle ne l'avait pas laissé tomber, Milly, pas encore. Là, accoudé au comptoir, il attendait que le bruit de l'aspirateur ou les seaux d'eau que vers minuit elle déversait sur le sol sous les lumières un peu fades des lampes murales, il attendait qu'elle en ait fini avec ce bruit ou ce geste pour quitter la salle et l'emmener avec lui, là, dans la fraîcheur du chalet où ils s'endormaient dans les bras l'un de l'autre sur le matelas humide.

Elle, Milly, ai-je écrit, elle a balayé cent fois les feuilles mortes sur le seuil de la porte. Cent fois Dwayne l'a entendue se baigner, fuyant l'ombre des arbres pour étaler sa serviette sous le soleil de juin, avec le bruit de ses pieds nus sur le plancher, les contours de son corps que Dwayne suivait à travers les carreaux mal lavés de la fenêtre, assez lucide alors pour savoir qu'un jour ou l'autre elle tracerait une autre ligne dans son existence, assez lucide pour savoir qu'ils ne pourraient pas chuter ensemble infiniment, que pour elle, la vie, la littérature, tout se cristalliserait en un point solide dont il serait un jour exclu.

Mais pas tout de suite. Pas à ce moment-là de l'histoire. À ce moment-là de l'histoire, non, elle ne l'avait pas laissé tomber, ni seulement y pensait un instant. Même, elle s'était mise en tête de lui trouver un travail, n'importe quoi elle avait dit, mais si tu ne vas plus à l'université, il faut que tu trouves autre chose. Alors chaque jour, entre deux cafés, elle répondait à des petites annonces, chaque jour elle parlait de Dwayne aux clients de la cafétéria : même veilleur de nuit ou caissier dans un parking, il voulait bien tout, disait Milly.

Elle, assez lumineuse était-elle pour ne pas se dire les choses violentes que Dwayne ruminait pour lui-même, les phrases sombres qui ricochaient sur le lac comme des cailloux plats, du genre que « personne ne voudrait d'un vieux prof alcoolique » et que « la vraie vie est derrière », voulant croire que dans des formules comme ça, saillantes et cadenassées, il y avait le portrait sans retour de l'homme qu'il était devenu – le genre au bout du rouleau, qui peut bien avoir été prof de fac ou sénateur mais se trouve là dans le creux de la vague, à rêver d'une seule chose, traverser l'Amérique avec une jeune fille sur le siège passager et puis, je ne sais pas, se faire enlever par des extra-terrestres dans le désert du Nouveau-Mexique, si toutefois c'était quelque chose comme ça qui s'était passé pour Jim Sullivan, mais on ne sait vraiment pas. Les extra-terrestres peut-être. La mafia peut-être. Moi, je ne sais pas. Et je ne sais pas si un jour on saura. Si un jour quelqu'un sur un lit de mort avouera un crime mafieux, ou bien si une tempête dans le désert découvrira les os fossilisés de Jim. Je ne sais pas.

8

Jim Sullivan est parti de San Diego, Californie, un matin de mars 1975. Il a embrassé sa femme et son fils en leur disant que bientôt, ils pourraient le rejoindre là-bas, à Nashville, Tennessee, où il espérait qu'on écouterait enfin sa musique.

Jim Sullivan n'est jamais arrivé à Nashville. Il a roulé tout le jour à travers l'Arizona avant d'être arrêté par la police du Nouveau-Mexique, sur les sept heures du soir, parce qu'il ne roulait pas droit. Ils l'ont emmené au poste du shérif pour vérifier qu'il n'était pas soûl. Mais Jim n'avait pas bu, il était seulement très fatigué et il s'endormait au volant. Alors ils l'ont relâché et ils lui ont conseillé de passer la nuit là, à Santa Rosa.

Il a pris une chambre dans un motel du nom de La-Mesa. Il a payé d'avance les dix-sept dollars à la réception. Il a sorti sa guitare et sa valise du coffre de sa Volkswagen et il les a déposées dans sa chambre. Un peu plus tard, il est allé au magasin de spiritueux acheter une bouteille de vodka mais au lieu de monter la boire dans sa chambre, il a repris sa voiture, il a fait quelques miles sur les petites routes autour de la ville et il est allé se garer là, dans la nature, mais pas loin d'une habitation qui ressemblait à un ranch. Cela, on le sait, parce que le propriétaire a témoigné plus tard auprès du shérif, qu'il avait vu une voiture avec les phares allumés, qu'alors il était sorti et qu'il avait demandé à Jim s'il avait un problème. Et Jim a répondu, « non, et vous ? »

Et puis ensuite, personne ne sait trop ce qui s'est passé. Le plus vraisemblable, c'est qu'il a remis le contact et roulé jusqu'au désert, sur environ vingt-cinq miles, puisque c'est à vingt-cinq miles du village qu'on a retrouvé sa voiture. Ensuite, on ne sait pas. On sait juste que dans cette région, on rapporte plus de phénomènes extraterrestres que partout ailleurs aux États-Unis. Et puis voilà, c'est l'Amérique, on ne sait pas ce qui s'est passé, on n'a jamais retrouvé son corps.

III

1

À Warren, en face du garage automobile où Dwayne avait acheté sa Dodge Coronet pour la modique somme de six mille dollars, à côté de la cafétéria où Milly continuait de servir des hamburgers et des cafés américains, on pouvait entrer jusqu'à 22 h dans le plus grand vidéoclub de la ville, qui proposait, pouvait-on lire sur le panneau posé à l'extérieur, près de cinq mille films sur plus de trois cents mètres carrés. L'hiver, quand la nuit tombait tôt, on pouvait repérer la boutique depuis la Van Dyke Avenue grâce à une guirlande électrique bleue, clignotante, qui délimitait le cadre de l'enseigne, et faisait comme un repère dans la nuit du Michigan, réconfortant du lundi au samedi les quelques âmes solitaires dont la seule promesse du soir était de s'acheter un pack de bière à l'épicerie du coin et de se louer un film-d'action-qui-bouge-bien, un truc-pas-prise-de-tête, demandaient-ils à Dwayne, perdu au milieu des cinq mille navets qui avaient l'air de le narguer et lui donnaient envie de s'excuser quand il prenait le billet de cinq dollars dans la main du client. Cinq dollars pour cette merde, a pensé Dwayne si souvent en baissant la tête. À quoi Ronny Reagan avait sa même réplique inusable, que c'était peut-être pas du grand cinéma, mais qu'au moins ça plaisait. « Et tu crois quoi, disait Ronny, que les caissières dans les supermarchés elles ont leur avis sur ce que tu mets dans ton Caddie ? »

Lui, Dwayne, depuis le premier jour il s'était dit que ça ne pourrait pas durer longtemps, cette vie qu'il avait fini par accepter pour elle, Milly, c'est-à-dire avait mis son orgueil dans sa poche et s'était mis à travailler là, dans ce vidéoclub, après que Milly avait parlé à Ronny Reagan donc, qui déjeunait presque tous les jours à la même table et avait l'air d'avoir comme un faible pour elle.

Quelquefois même, il faut dire, il la prenait par la taille quand elle lui apportait le café et tellement il la serrait fort, elle était obligée de donner un coup de rein pour se dégager. Alors elle s'était dit que le Ronny en question ne pourrait pas lui refuser ça, que ce serait vraiment bien, juste à côté de la cafétéria, pour Dwayne, oui, ce serait vraiment bien.

Et Ronny Reagan s'efforçait d'expliquer des choses à Dwayne qu'un magasin c'est comme un territoire, disait-il, ça se préserve, tu comprends, que c'est pas en s'excusant qu'on se fait respecter. Et Ronny Reagan, avec son petit bouc et son anneau dans l'oreille, avec son lézard tatoué sur la nuque, retournait dans son arrière-boutique enfumée, sous le néon grésillant. Et si t'es là, ajoutait-il depuis l'arrière-boutique, crois pas que c'est grâce à moi, si t'es là, c'est uniquement grâce à Milly.

S'il arrive qu'on se retrouve à l'opposé de son existence, se disait Dwayne à lui-même, alors j'ai trouvé le point exact, se disait-il encore quand chaque matin pourtant, il se disait aussi que celui-là et pas un autre serait le dernier, que bientôt il ne verrait plus défiler tous les bûcherons du Michigan se prendre leur film porno après avoir acheté leurs cartouches pour leur week-end de chasse. Et chaque jour aussi, en déjeunant là, chez Milly, il s'imaginait encore partir sur les routes d'Amérique avec elle sur le siège passager, sa jupe noire de serveuse qu'elle aurait gardée tellement ils seraient partis vite et les miles comme des fils barbelés qu'ils auraient mis entre eux et ce Michigan-là, trop sale ou trop vulgaire pour lui, pensait-il. Parce que c'est vrai que là, sur la Van Dyke Avenue, l'Amérique de Sterling Heights, l'Amérique des façades blanches et des profs de fac, elle était très, très loin.

Lui, Dwayne, quand il regardait Ronny la prendre par la taille et la voyait lui sourire ou bien d'une main ferme lui retirer le bras si d'aventure sa main à lui, Ronny, descendait sur ses fesses à elle, alors il se disait que c'était peut-être lui qui n'avait rien à faire là, à regarder Milly mâcher infiniment son chewing-gum, avec sa broche sur la poitrine et ses cheveux qui avaient l'air plus décolorés dans la lumière des néons. Et c'est sûr que c'était une autre Milly que celle qui allongeait sa tête sur son ventre et lui parlait de William

Faulkner en fumant dans le soleil. Et c'est sûr qu'à dix-huit ans, on a plus de facettes qu'à cinquante. Et c'est sûr aussi qu'il en verrait bientôt une autre, de facette.

Je ne sais pas si c'est le moment de parler de ça mais le fait est que si ça s'est terminé entre eux, c'est à cause d'une facette d'elle qu'il ne connaissait pas, qu'il n'aurait jamais dû connaître, et peut-être qu'il n'aurait jamais connue s'il avait respecté les consignes de Ronny Reagan, c'est-à-dire s'il n'avait pas quitté le magasin en pleine journée pour aller chez le garagiste en face discuter de sa vieille Dodge – le genre de garage qu'on ne trouve qu'aux États-Unis, avec des drapeaux américains qui flottent en haut des mâts et cent modèles d'occasion garés sans hiérarchie, des vieilles Thunderbird et des Lexus métallisées parquées là sur le bitume et la terre battue, un peu comme on peut imaginer un troupeau de bisons dans une plaine du Nebraska (même soleil zénithal, mêmes puissances immobiles tendues par l'entassement, mêmes fuselages menaçants) – et qu'alors, donc, pour en revenir aux facettes de Milly, le chemin le plus court pour aller chez le garagiste, c'était de passer devant la réserve du vidéoclub, sorte de petit hangar avec un toit de tôle qui servait à Ronny pour y mettre les vieux films et les archives du magasin, là où justement il avait dit qu'il allait cet après-midi-là pour faire un peu de rangement.

Et Dwayne serait passé devant comme d'habitude, sans même tourner la tête, s'il n'avait pas entendu ce jour-là un bruit un peu étrange, quelque chose comme un animal enfermé ou plus intrigant encore, qui a voulu qu'il ralentisse le pas et se mette à écouter derrière la porte, en comprenant assez vite que là, dans la réserve, Ronny Reagan ne faisait pas du tri dans ses archives. Mais il n'aurait jamais pensé que là, en entrouvrant la porte, la première chose qu'il verrait, outre les trois ou quatre types qui attendaient bras croisés, outre la caméra que l'un d'entre eux tenait sur l'épaule, il n'aurait pas pensé que la première chose qu'il verrait là, sous les mille watts d'un projecteur, ce serait les fesses de Milly.

Même de dos, il a reconnu Ronny Reagan, la silhouette énervée de Ronny Reagan qui disait à Milly qu'il faudrait qu'elle crie plus fort parce qu'on n'entendait rien, tandis qu'autour de Milly, il y avait deux grands types nus en érection qui pour ainsi dire l'encadraient. Et Dwayne est resté là, stupéfait, sur le seuil de la porte. Et Dwayne ne ressentait rien. Ni haine ni désir ni tristesse. Rien. Mais il était incapable de bouger, en arrêt devant la porte du hangar qu'ils avaient plus ou moins transformé en atelier de garagiste, je veux dire, transformé pour le film, vu que les deux acteurs jouaient le rôle de deux mécaniciens dans un garage automobile.

L'histoire était très simple : les deux garagistes accueillaient une jeune femme venue apporter sa voiture à réparer, et donc ils allaient s'en occuper, de la voiture, mais pour ne pas perdre trop de temps, le scénario prévoyait qu'elle les remercie à l'avance, et donc elle commençait par caresser le capot de sa voiture en disant des phrases ambiguës, du genre qu'eux aussi, les deux mécaniciens, ils devaient en avoir sous le capot et ce genre de dialogues pour ainsi dire polysémiques. Et en même temps qu'elle disait ça, Milly, elle défaisait déjà les fermetures Éclair de leurs bleus de travail et elle posait chacune de ses mains sur leurs sexes respectifs, tandis qu'ils respiraient de plus en plus fort et commençaient à dire machinalement « yes », « oh yes » pendant que sa bouche allait d'un sexe à l'autre et de plus en plus vite.

2

Les médecins ont parlé d'un syndrome de guerre post-traumatique quand dans le commissariat où il avait été placé, Dwayne s'était mis à fumer sous les couvertures et à se dresser nerveusement dès qu'il entendait un bruit, exactement comme on décrit les symptômes des vétérans du Vietnam. Mais Vietnam ou pas Vietnam, tout le monde était d'accord là-dessus : il n'aurait pas dû s'énerver comme ça. Il n'aurait pas dû tourner le dos silencieusement aux fesses de Milly ni se mettre à marcher si sereinement, comme si depuis des mois il avait envisagé ce cas de figure et qu'alors il avait exécuté geste après geste, méthodiquement, le scénario des minutes qui suivraient.

Il a longé les vitres embuées de la cafétéria. Il a traversé le parking et puis la Van Dyke Avenue à l'endroit du passage piéton, et puis il est entré en face, dans le petit magasin de la station-service. Il s'est dirigé vers le fond du rayon pour y choisir un jerrycan d'une contenance d'un gallon, soit quatre litres et demi, l'a payé de quelques billets de un dollar qui traînaient au fond de sa poche, il a marché vers la pompe n° 4, a introduit le pistolet dans le jerrycan et l'a rempli d'essence.

D'un pas un peu plus lourd, à cause du jerrycan plein, il a retraversé l'avenue, puis le parking, puis il est repassé devant la cafétéria, et puis il est entré là, non pas dans le hangar, non pas sur le tournage du film qui sûrement continuait, mais quelques mètres plus loin, dans le vidéoclub, au milieu des cinq mille films qui avaient l'air de l'attendre, dans la lumière sombre d'une fin d'après-midi.

Il a eu l'air de réfléchir un instant pour savoir comment il s'y prendrait et puis méthodiquement toujours, il a dévissé le bouchon du jerrycan qu'il a tranquillement posé sur la caisse. Ensuite il en a déversé le contenu un peu sirupeux, un peu odorant, sur chaque rayonnage rempli des jaquettes des films, l'essence qui coulait doucement sur les seins des actrices et tombait sur le sol en imprégnant la moquette. Il a fait le tour du magasin comme ça, distribuant équitablement la quantité d'essence qui imbibait jusqu'aux rideaux, secouant le jerrycan jusqu'à la dernière goutte avant de le jeter nonchalamment dans un coin puis de retourner vers la caisse où il a pris les quelques billets de dix et vingt dollars qui la remplissaient, les a glissés dans la poche de son jean puis a ouvert le tiroir en dessous et y a pris la petite boîte d'allumettes publicitaire à l'effigie d'une armurerie (deux petits revolvers qui se croisaient dans un cercle noir sur fond jaune). Ensuite, il s'est redirigé vers la sortie avant de se poster là, devant la porte, et d'enflammer l'œuvre accomplie d'une allumette qu'il a jetée d'une pichenette au centre du magasin.

Elle, l'allumette, la lumière de la flamme qui faisait comme une arabesque dans le volume du magasin, soudain touchant le sol elle s'est multipliée par mille, traçant des lignes de feu sur la moquette rase et puis montant le long de chaque rayon comme une armée de lumière qui effaçait déjà les visages des actrices dévorées par les flammes, embrasant chaque pochette sous le regard impassible de Dwayne qui maintenant se retournait, laissant derrière lui, dans la chaleur qu'il sentait dans son dos, les cinq mille films qui pendant deux jours dégageraient une odeur de plastique dans presque toute la ville.

Ce n'est pas faute d'avoir essayé d'imaginer la conversation entre Dwayne et Milly, je veux dire, celle qui aurait eu lieu s'il avait choisi la voie du consensus, s'il avait quitté le hangar et s'était assis là, dans la cafétéria, et l'avait attendue. Que la voyant revenir il lui aurait dit quelque chose comme « il faut que je te parle », l'aurait laissée s'asseoir en face de lui, aurait baissé les yeux sur son verre de bière et puis lancé une phrase comme « si c'est pour l'argent que tu fais ça... »

Mais elle, Milly, peut-être par orgueil ou bien parce que c'était la vérité, au lieu de dire une chose qui aurait effacé pour partie l'injure, elle l'aurait regardé droit dans les yeux et elle lui aurait dit qu'elle n'avait pas de compte à rendre à un vieil alcoolique, qu'elle faisait ce qu'elle voulait de son cul et qu'il aille se faire foutre. Alors bien sûr, le ton serait monté et il n'aurait pas pu s'empêcher, là, dans la cafétéria où les clients s'impatienteraient, il n'aurait pas pu s'empêcher de dire des mots comme « salope » ou « pute », et qu'elle n'avait qu'à continuer à se faire mettre par cet enculé de Ronny Reagan.

Mais donc, cette conversation n'a pas eu lieu et au fond, il ne l'a pas regretté, Dwayne, il n'a pas regretté d'avoir mis un terme si net à cette partie-là de sa vie, dût-il se retrouver quelques jours plus tard, à la fin de l'été 2001 donc, dans la chambre d'un hôpital psychiatrique – ainsi qu'en décidèrent les juges rangés à l'avis des médecins, à cause de l'alcool, à cause du Vietnam, à cause de Milly, ils ont considéré qu'il avait agi dans la démence, que la prison le détruirait plus encore et qu'un séjour psychiatrique lui serait plus profitable.

Aussi, dans mon roman, vu la concordance des dates et vu que je voulais absolument faire mention de l'événement, c'est depuis la chambre de l'hôpital de Northville que Dwayne Koster avait pu voir sur l'écran de télévision accroché au mur un Boeing 747 traverser une tour du World Trade Center et dire là, comme des millions d'Américains à la même seconde, dire quelque chose comme « oh my god ! » et le répéter comme ça, « oh my god », au moins quatre, cinq fois, puisque leurs cerveaux à tous, les Américains, avaient semblé s'enrayer ce jour-là pour longtemps, assez en tout cas pour qu'à Northville, les médecins augmentent sensiblement les dosages de fluoxétine, de naltrexone et d'alprazolam, ainsi que l'expliquerait le médecin-chef à Susan – pas à Milly, non, à Susan qui se souvenait qu'elle était la mère de ses enfants et venait visiter Dwayne, tandis qu'avec Milly, donc, ils étaient très fâchés.

Et peut-être que c'est mieux comme ça, a pensé Dwayne, peut-être qu'une fille comme Milly, elle disparaît d'une vie comme elle y est entrée, pour ainsi dire d'un claquement de doigt.

Mais Susan, c'est différent. Toi c'est différent, lui dirait-il quand elle viendrait le voir là, qu'elle s'assiérait à son chevet en attendant qu'il revienne parmi eux, dans leur maison de Sterling Heights. Du moins c'est ce qu'a commencé à penser Dwayne qui se sentait de mieux en mieux, expliquait-il à Susan, que bientôt il serait prêt pour la vie normale, si on considère que là, au cœur d'un asile, ce n'est pas la vie normale qui circule, si on considère que Dwayne n'avait pas encore habité une seule journée normale dans sa vie, mais que maintenant ça changerait, maintenant il s'était rendu compte de beaucoup de choses et tout repartirait à zéro, les enfants, Susan et l'université, oui, tout serait comme avant.

Peut-être qu'il est vraiment guéri, a évoqué Susan dans le bureau du médecin, peut-être que la fluoxétine n'y est pour rien. Mais dans le regard pour ainsi dire vitré du médecin, elle a compris qu'il ne fallait pas dire des choses comme ça, pas si vite, que c'était comme s'ils s'étaient mal compris sur la durée du séjour ou sur la notion de guérison, vu qu'elle a mis longtemps à perdre cette tendance à compter en jours et semaines, tandis que le médecin, par expérience d'une part, par fatalisme d'autre part, comptait toujours en années.

Et puis il sera vraiment guéri, a-t-il ajouté en baissant un peu les yeux, quand il arrêtera de penser qu'on tourne des films X dans les couloirs.

Et c'était comme si lui, le médecin, avait su des choses que Dwayne ne savait pas lui-même, des choses que forcément lui, le médecin, ne dirait pas à Dwayne, mais comme si sa façon à lui d'entrer dans son bureau la première fois, la façon de lui serrer la main ou le grain de sa voix au moment de dire bonjour, comme si tout déjà parlait, et qu'alors lui, le médecin, en approchant la main il avait pu toucher les poutres bancales du cerveau de Dwayne, et qu'il avait déjà pu prédire qu'un jour Dwayne se retrouverait dans un bar de Dearborn ou de Royal Oak, par exemple avec son vieux pote Ralph sous les néons rouges d'un logo Budweiser, avec en fond sonore une musique un peu vintage, du genre de Johnny Cash ou Hank Williams – une ambiance un peu rock pour des types de leur âge, des bars où il n'y a personne du lundi au jeudi et qui se remplissent, on ne sait pas trop d'où viennent les gens, vers 21 h le samedi.

Et bien sûr le médecin avait raison. Bien sûr ce jour-là arriverait où Dwayne se remettrait à boire, sinon il n'y aurait pas un an plus tard, sur le siège passager de la Dodge Coronet, une bouteille de Jack Daniel's à moitié vide. Et bien sûr il le ferait avec Ralph, c'est-à-dire que Ralph viendrait le chercher à la sortie de sa cure et l'emmènerait dans un bar aux néons rouges et bleus le long d'une nationale, un lundi soir par exemple, avec un billard mal éclairé où s'ennuieraient deux *bikers* taciturnes, avec une serveuse un peu masculine, pas très aimable (une serveuse plus âgée que Milly, qui s'appellerait Daisy, dès lors qu'une serveuse aux États-Unis, selon moi, si elle ne s'appelle pas Milly, alors elle s'appelle Daisy), une serveuse qui n'aurait rien d'autre à faire ce soir-là qu'à essuyer les verres et faire la poussière des étagères.

Assis là tous les deux au comptoir, avec Ralph ils referaient leurs vies, celle si fade désormais de Sterling Heights, déplorait Ralph, maintenant que Dwayne n'était plus là, maintenant surtout qu'il était retraité, ajoutait-il, qu'il n'imaginait pas que ce serait si dur, lui qui venait de passer trente ans à sillonner le Middle West pour y placer des produits vétérinaires, de ce genre de métier un peu mélancolique qu'on trouve dans les romans américains, comme aussi bien il aurait pu être cadre dans une entreprise de recyclage des déchets, ou bien agent immobilier dans un quartier défraîchi.

Si j'étais un vrai romancier américain, c'est sûr que j'en aurais profité pour raconter dans le détail la vie de Ralph Amberson, toutes ces années passées dans l'Arkansas ou le Dakota du Sud, parce que là, oui, il y aurait eu de l'Amérique en barre, celle des vieux fusils dans les coffres des pick-up et les John Deere abandonnés sous les préaux, celle des vaches nocturnes du Kansas et les sauterelles de l'Iowa qui déchirent les rideaux de blé, sans parler de toutes ces maisons solitaires posées là dans la plaine comme devant l'océan, encaissant les tornades dans la chaleur de juillet.

Si un jour je dois aller aux États-Unis, c'est sûr que je n'irais pas dans le Middle West ni nulle part dans le centre de l'Amérique parce que j'aurais trop l'impression d'avoir été avalé par une baleine, étant donné que l'Amérique, vu du dessus, sur un planisphère, je trouve que ça ressemble à une baleine. En tout cas, l'idée que je me fais des Américains comme Ralph Amberson, c'est qu'ils passent une grande partie de leur vie à sommeiller dans les entrailles d'une baleine et qu'il y fait tellement sombre qu'ils ne sont même plus capables de plonger dans les yeux de leurs épouses quand vient l'heure de la retraite. Alors c'était peut-être ce qui s'était passé avec Becky, en tout cas Ralph confiait ça à Dwayne ce soir-là, qu'il ne la regardait plus beaucoup. Et qu'elle, à force, elle regardait volontiers d'autres hommes. Il s'est passé d'être plus précis, Ralph. Il s'est passé de dire les noms qui fâchent. Il n'a pas parlé d'Alex Dennis.

Et d'ailleurs ce serait surtout Dwayne qui parlerait ce soir-là, épiloguant sans relâche sur ses dernières années, assez pour constater que l'Amérique entière lui avait bien tourné le dos, qu'il finirait comme un vieux hobo sur la côte ouest, à regarder les bateaux partir dans le port de San Francisco comme son ancêtre sur le port d'Amsterdam.

Alors bien sûr ce jour-là, il y aurait tout un temps d'hésitation avant de commander un verre : de dire (lui, Dwayne), « rien que d'en parler ça me donne envie de boire autre chose que cette saloperie de Coca light », et puis le silence un peu entendu qui traverserait son regard, ou plutôt la manière de ne pas regarder Ralph à ce moment-là, puis de peut-être faire le trajet mental, neurologique, qui produirait les mêmes phrases commandées par le désir ou plutôt le besoin, en tout cas quelque chose que les médicaments n'auraient pas complètement enrayé – des phrases toutes simples qui peut-être restaient informulées mais correspondaient à des expressions aussi bêtes que « qu'est-ce que ça peut faire de boire une fois », ou bien « de toute façon c'est tout ce qui me reste », et toutes les négociations faites avec l'existence, avec le temps sur terre et l'état de l'avenir avant de forcément céder, une puis deux bières puis un whisky s'il te plaît, Daisy, que de toute façon l'Amérique n'a jamais fait de cadeau aux Koster, qui en ont pourtant fait plus pour elle que le Sénat et la Chambre réunis.

Et forcément ils étaient sortis du bar dans un état d'ébriété maximale, allant dormir dans un motel minable, s'écroulant tout habillés sur un mauvais matelas, avant de se jurer au réveil, pleins de saleté intérieure, qu'ils ne seraient que deux à le savoir.

Mais pour l'abstinence, regrettait déjà Dwayne, pour l'abstinence c'est foutu, s'avouerait-il devant un café qui lui tordrait le ventre à cause du manque d'habitude, à moins que ce qui lui torde le ventre ce matin-là, ce qui continuerait de l'inquiéter dans les heures qui suivraient, ce ne soit pas l'alcool mais certaines choses qu'avait évoquées Ralph Amberson la veille au soir, des choses dont il essayait de se souvenir en détail, vu qu'il sentait bien qu'elles étaient importantes, mais avec l'alcool et la migraine qui compressait son crâne, il avait beaucoup de mal.

Il se souvenait qu'ils avaient parlé de Susan, du déménagement de Susan et de sa nouvelle vie à Rochester Hills. Il se souvenait qu'il avait juré d'aller la voir, et même, qu'il allait la reconquérir, a dit Dwayne après le quatrième bourbon, oui la reconquérir, a-t-il insisté, et qu'alors Ralph, se souvenait-il aussi, avec un air sérieux, il s'était mis à lui parler d'empereurs romains, oui, d'empereurs romains : qu'il avait lu quelque part que les empereurs romains, quand ils revenaient d'une campagne militaire, eh bien la veille de rentrer chez eux, ils envoyaient toujours un messager pour prévenir qu'ils rentraient. Et à ton avis, disait Ralph, à ton avis pourquoi ils faisaient ça ? Ben je sais pas, a dit Dwayne, pour qu'on les reçoive dignement ? Non, Dwayne, s'ils faisaient ça, c'était pour être sûr de ne trouver personne dans le lit de leur femme.

3

C'est un point très important du roman américain, l'adultère. C'est même une obsession du roman américain, que le mari ou la femme, même après le divorce, ait une histoire avec quelqu'un d'autre, et si possible alors, avec la personne que l'autre déteste le plus. Et je ne sais pas si on saisit bien ce que Dwayne a compris de ces histoires d'empereur et de messager, mais ce qui est sûr, c'est qu'à partir de ce jour-là il a commencé à pointer là, à Rochester Hills, dans les soirs ténébreux qui ouvraient cette histoire, avec l'autoradio qui hésitait entre Jim Sullivan et la guerre en Irak.

Là, au volant de sa Dodge, tandis que ses doigts se crispaient un peu plus à cause des nerfs tendus, à cause de son cerveau qui avait l'air de tourner plus vite que les gamins en vélo, il repensait aux empereurs romains qui envoyaient un messager, qu'en se garant là ces dernières semaines, pensait

Dwayne, en quelque sorte il était son propre messager, que bientôt il informerait le vrai Dwayne Koster de la situation, que bientôt il lui exposerait calmement le problème, si le problème s'appelait bien Alex Dennis, si derrière le rideau de la cuisine, c'était bien Alex Dennis qu'il voyait embrasser Susan comme dans un théâtre d'ombres, et se disant doucement que les choses maintenant s'éclaircissaient, oui, s'éclaircissaient lentement.

C'est à ce moment-là, ai-je écrit, que Dwayne Koster a repensé à Lee Matthews, à certaines choses qu'avait dites Lee Matthews, de ce pouvoir qu'il avait de faire s'évanouir les problèmes et toutes les choses un peu sibyllines qu'il avait laissé entendre, que Dwayne portait comme un sac trop lourd et qu'il fallait qu'il l'allège, que lui, Matthews, il pouvait l'alléger.

Et c'était le genre de pensée qui maintenant faisait comme un arc électrique dans son cerveau à lui, Dwayne, le genre de pensée qui pouvait faire basculer son existence d'un instant à l'autre, lui qui était quand même un homme fragile et nerveux, maintenant surtout qu'il s'était remis à boire, maintenant qu'il était sorti des griffes du médecin qui l'en avait empêché dix-huit mois durant, c'est-à-dire l'avait empêché d'être lucide sur la situation, que maintenant les choses sont beaucoup plus claires, oui, transparentes, a pensé Dwayne Koster, avec l'autoradio qui continuait de scander l'arrivée des GI's sur le sol irakien, torches tournantes qui éclairaient la nuit, la faisant verte et grise sur les écrans du monde, avions lancés comme des pierres dans le ciel du Koweit, et Jim Sullivan qui avait l'air d'apparaître comme en surimpression sur son pare-brise, lui disant de ne pas s'énerver, ne t'énerve pas Dwayne, disait Jim Sullivan.

IV

1

Que Lee Matthews soit un trafiquant d'art international, que Dwayne Koster finisse par entrer dans la boucle véreuse de Lee, je n'ai jamais douté que le lecteur pourrait le comprendre bien avant que j'en parle plus clairement dans la suite de mon livre. Et quand il a garé sa Dodge dans le haut de Clark Street, quand il a salué tranquillement Lee Matthews dans sa boutique de Chicago, il ne faisait aucun doute pour personne qu'à cet instant précis, Dwayne posait définitivement le pied en territoire miné. Et cela, c'était d'autant plus clair que pendant toute la scène, pendant que Lee accueillait Dwayne et s'excusait de n'être pas venu le voir à la clinique (pas une seule fois, a dit Dwayne, tu n'es pas venu une seule fois, a-t-il quand même insisté), tandis qu'il l'emmenait doucement vers le fond de son magasin, on pouvait très bien voir, outre les deux ou trois presbytes qui scrutaient les défauts d'un vieux vase chinois, un homme curieusement seul qui s'intéressait manifestement plus à cette rencontre qu'aux antiquités.

C'est même par ses yeux à lui qu'on pouvait comprendre au mieux tout le mouvement de l'action, un peu comme un travelling qu'on exécuterait pour suivre Lee emmener discrètement Dwayne dans une pièce à l'arrière qui manifestement lui tenait lieu de bureau. C'est même par ses oreilles qu'on pouvait entendre la voix de Lee dire à Dwayne qu'il allait s'occuper de son petit problème.

Mais en échange, a dit Lee, il faudrait que tu me rendes un petit service. Et Dwayne, quoiqu'en plissant le front et respirant nerveusement, Dwayne a répondu : oui, bien sûr, tout ce que tu voudras, Lee.

Alors par précaution ou réflexe, Lee a fermé la porte de son bureau, au point que sa voix pourtant forte, le type seul qui errait dans la boutique n'en percevait plus qu'un bourdonnement continu d'où émergeaient quelques mots comme « Irak » et « dollars » et puis aussi « cargaison » et encore « Baltimore » sans parler de phrases plus distinctes comme « je m'occupe d'Alex » ou « on est bien d'accord », jusqu'à ce que soudain on n'entende plus ce qui se dit, que bien sûr la conversation continue mais que le volume tombe, et qu'alors l'homme seul ne parvienne plus à percevoir la suite de leur échange, et nous non plus, vu qu'on dépendait de lui pour entendre ce qui se disait. Ce qui est sûr, c'est que ça a duré plusieurs minutes avant qu'ils reparaissent tous les deux au milieu des presbytes qui n'avaient pas bougé. Sauf que dans sa main à lui, Dwayne, maintenant il y avait une mallette en cuir dont on voyait bien, à la manière de la tenir, qu'elle n'était pas la sienne, c'est-à-dire qu'on voyait bien le nœud noir qui se formait sous son crâne et pour ainsi dire le transportait dans un autre monde, à tout le moins exotique, forcément périlleux.

Du moins c'est ce que l'homme seul qui continuait d'écouter d'un peu loin avait cru entendre de la bouche de Lee Matthews, quelque chose comme « si ça merde, personne ne te couvrira » – cela, oui, le type seul et intrigant l'avait parfaitement entendu et en prenait bonne note.

Et sûrement, si on l'avait suivi plus tôt, le type en question, on aurait compris beaucoup de choses quant à Lee Matthews, vu que ce type seul et intrigant et qui notait tout, c'était quand même un homme du FBI et qu'il enquêtait sur Matthews depuis un moment – le genre de type que dans une autre scène de mon livre on voyait parler à son supérieur hiérarchique et lui expliquer la situation avec des « ouaip » et des « m'est avis que ça remonte haut, cette affaire », de sorte qu'on commençait à comprendre des choses, par exemple les liens compliqués qu'il pouvait y avoir entre Lee Matthews et la guerre en Irak, et mille autres choses invisibles à l'œil nu, que le type du FBI soupçonnait à raison, des choses qui ne concernaient pas directement Dwayne Koster, pas directement, mais désormais un peu quand même.

2

Donc le 5 avril 2003, l'armée américaine stationnée au Koweit, à 1 h GMT déciderait d'en finir avec le régime irakien. Tanks fébriles dont les chenilles tassaient le sable sous le poids de leur avancée lente, tirant aveuglément partout où ils croyaient voir quelque chose bouger. Et partout ils croyaient voir quelque chose bouger, un chien ou un homme ou simplement un mouchoir emporté par le vent, partout, dans les plaines irakiennes, dans les banlieues de Bagdad, racontait la journaliste à la radio, ils tiraient à peu près aussi vite que leurs cœurs battaient fort, soldats suréquipés qui s'extrayaient des camions en sautant et hurlant et faisant comme des gerbes qui tombaient sur les villes, à Fallujah, à Bagdad, couvrant de leurs cris les enfants ou femmes ou hommes qui déjà s'étaient cachés au fond du labyrinthe, puisque Bagdad, continuait la journaliste, embrumé par les bombes lacrymogènes, à travers mille vidéos si vite postées sur Internet, était devenu ça, une sorte de Vietnam urbain où l'ennemi s'il y en avait un était de toute façon invisible, surgissant ponctuellement au milieu de quatre, cinq G.I.'s hurlant les mots mille fois entendus dans les films de guerre, les « shit » et les « fuck » et les « Get out of here ! », avant que le corps déchiré de celui qui avait sauté sur la bombe ou reçu l'arme blanche, dans un dernier sursaut dise encore à ses camarades forcément rassurants « I won't die here » tandis que son téléphone portable tombé au sol ne filmait plus que le ciel voilé qui avait l'air d'accueillir déjà les âmes apaisées et comme réconciliées par la mort, de lui et de son meurtrier.

Et tandis que le chaos s'était mis à régner sur la ville, des bandes de pilleurs s'étaient introduites un peu partout, dans les ministères et les palais de marbre, dans le grand musée national où depuis près de cent ans reposaient les vestiges de Sumer et de Babylone, celui-là, de musée, que les fedayins par dizaines vidaient de ses collections, rentrant chacun chez eux avec un morceau de leur si vieux passé. Qui un vase, qui un collier, qui une statuette représentant quel dieu désensablé par les archéologues.

Et partout, derrière les téléviseurs, en France ou même en Amérique, dans les journaux, on entendait les mêmes phrases outrées, que les soldats postés là n'avaient rien fait, et puis aussi que, décidément, ces Arabes, ils ne respectent vraiment rien.

Mais quelques jours à peine après le sac de la ville, les journaux du monde entier changeaient de ton et lançaient la suspicion d'une manipulation, que le pillage du musée national de Bagdad et de ses inestimables collections sumériennes n'était pas le fait d'un soulèvement populaire ni même de citoyens s'improvisant bandits mais le jeu plus organisé, plus planifié, d'un véritable trafic international, parlant déjà de quelque quatre mille pièces méthodiquement dérobées – méthodiquement, oui, commencèrent à décrire les médias de l'époque, eux-mêmes relatant le témoignage du conservateur, que les voleurs n'avaient pas l'air de simples fedayins mais bien de gens organisés qui, comme par hasard, avaient délaissé toutes les copies et emporté soigneusement les originaux.

Certains dirent que l'armée américaine a laissé faire. Certains dirent que des soldats furent payés pour ne pas intervenir. Certains dirent que le recel lui-même était planifié et que la plupart des pièces finiraient chez les collectionneurs. Ce qui est sûr, c'est que certaines pièces ont été retrouvées sur le territoire américain. Ce qui est sûr aussi, c'est que certains se sont payés au passage, que déjà dans l'arrière-fond des boutiques irakiennes, sous les néons obscurcis par mille moucherons, dans la fumée des Marlboro, les téléphones marchaient assez pour qu'on négocie le prix des œuvres et des cargaisons futures tandis que de l'autre côté de l'Atlantique, sur les docks de New York ou de Baltimore, on se préparait déjà à réceptionner la marchandise, sous l'œil las des douaniers qui savaient, qui savaient que là, mathématiquement, dans les quelque deux mille conteneurs qu'ils balayaient d'un regard, se trouvaient pour plusieurs millions de marchandises illicites – de la drogue bien sûr, des armes bien sûr, mais aussi, donc, un vieux vase sumérien, ou bien les fragments d'une statue représentant Hammurabi ou Gilgamesh, en tout cas quelque pièce directement importée d'Irak au printemps 2003 et prête à faire encore mille miles pour arriver dans un musée, ou bien dans la boutique d'un marchand d'art, si possible un marchand d'art qui aurait un lien avec mon histoire.

De fait, il n'y avait pas besoin d'être devin pour comprendre que Lee Matthews était impliqué dans cette affaire et que c'était précisément pour elle qu'il venait de confier à son neveu une valise pleine de dollars – trois cent mille, a dit exactement Lee à Dwayne, qu'il y avait trois cent mille dollars en liasses neuves dans la valise, alors je ne te conseille pas de les voir s'envoler comme des feuilles mortes, a encore dit Lee, a encore entendu le gars du FBI qui commençait à rassembler toutes les pièces du puzzle.

Peu à peu, il se rendait compte, le gars du FBI, que le puzzle en question en comptait un bon nombre, de pièces, à cause de toutes les choses qu'on ne manquait pas d'apprendre par la suite, et notamment qu'à toute cette histoire de trafic et d'argent étaient mêlés des hauts dirigeants de la région, des types de General Motors et des pontes du Parti républicain, de même qu'on apprenait qu'une part des bénéfices servirait à financer la campagne d'un futur gouverneur et ce genre de choses tout à fait instructives.

Même, parmi les choses qu'on apprenait, une grande partie des fonds était destinée à l'Illinois, parce qu'en Illinois, d'après les informations recueillies par l'agent, il y avait un gars du Parti démocrate qui commençait à les emmerder sérieusement, sans que personne ne sache trop encore, en 2003, que ce gars-là allait devenir le premier président noir d'Amérique.

3

Je n'ai pas trop insisté là-dessus dans mon roman, parce que je ne voulais pas faire un thriller politique avec des histoires compliquées qui mêlent des personnes existantes et des personnages de fiction, comme font souvent, c'est vrai, les écrivains américains. Après tout, même si j'ai regardé vers l'Amérique tout le temps de mon travail, je suis quand même resté un écrivain français. Or ce n'est pas dans notre habitude à nous, Français, de mélanger les vraies personnes avec les personnages de fiction. C'est pourquoi je n'ai pas mentionné le nom de Barack Obama dans mon roman. C'est pourquoi je n'ai pas écrit que Dwayne Koster tenait quand même entre ses mains une part du destin de l'Amérique, même si c'est pour cette raison-là que l'agent du FBI ne le lâcherait pas d'une semelle jusqu'à la transaction, puisqu'en effet, avait déduit le type du FBI, s'il y a argent, alors il y aura transaction.

Encore fallait-il que Dwayne accomplisse les sept cents miles qui le séparaient de Baltimore, puisque c'était là-bas qu'elle devait avoir lieu, la transaction, et c'est vrai, Dwayne pouvait encore renoncer.

Cent fois ce jour-là, en posant la valise bien à plat dans son coffre, cent fois il a failli renoncer, parce qu'il pouvait très bien la jeter du haut d'un pont, la valise, ou bien refaire sa vie avec, a-t-il ressassé cent fois aussi, pourquoi pas changer de nom et partir à Hawaï, ou bien même au fin fond du Vermont, n'importe où pourvu qu'il disparaisse, pensait-il encore sur la six-voies de Colombus en hésitant à bifurquer pour Cincinnati ou Lexington, parce que quand même, trois cent mille dollars, trois cent mille dollars, se répétait-il, comme si c'était la somme exacte qui aurait amorti sa chute, comme si un temps il avait oublié que l'Amérique la vraie, l'Amérique qu'il avait rêvée toutes ces années dans tant de livres lus, l'Amérique empoussiérée sur les étagères de son bureau d'Ann Arbor, c'était tout le contraire de l'argent, tout le contraire d'une valise pleine dans un coffre, mais la possibilité de vivre avec rien d'autre que la fortune constituée par la vie elle-même, disait Thoreau, disait Whitman, disait Emerson, pensait Dwayne le soir même en coupant son moteur sur le parking de son motel, dans la banlieue de Baltimore.

Dans la chambre du Motor Inn qu'il finirait par louer, ai-je écrit, comme à chaque fois qu'il entrait dans un motel, Dwayne Koster a eu une pensée pour Jim Sullivan. Puis il a déposé la valise sur le dessus-de-lit plucheux. Puis allumé le triste plafonnier qui éclairait la pièce. Le poster de dauphins au-dessus du lit. La lampe rouge sur la table de chevet. Et puis il s'est assis là, dans le seul fauteuil des seize mètres carrés de la chambre, regardant la valise comme si elle était un écran ou un livre sur lequel se seraient dessinées les tendances de l'avenir, des couleurs ou des pictogrammes qui lui auraient dit quoi faire, lui, continuant de la fixer comme une bête curieuse, se demandant seulement s'il ne devait pas l'emmener avec lui pour le dîner, quoique ça ferait bizarre de garder sa valise avec soi, quoiqu'il n'avait pas non plus confiance dans le pakistanais de la réception, quoique dans tous les cas il se sentirait nerveux.

Vers 22 h il était à nouveau dans sa chambre. Il aurait voulu fermer les volets mais il n'y en avait pas. Il a pensé à Susan. Aussi à Alex Dennis. Et il a repensé à Lee, à la conversation qu'il avait eue avec Lee, qu'il ne faudrait pas y aller trop fort, a précisé Dwayne, juste lui donner une petite leçon, assez pour l'éloigner de Susan une fois pour toutes. Bien sûr, avait dit Lee, ne t'inquiète pas, ils vont faire ça tranquillement.

Un peu plus tard, Dwayne a regardé des choses étonnantes à la télévision. Des courses de tracteurs. Des documentaires sur la pêche au brochet. Une opération de chirurgie esthétique. Et puis il y a des chaînes qu'il n'a pas essayées. Il a eu trop peur. Si d'aventure. S'il tombait sur Milly. Sur les fesses de Milly. Non. Il ne valait mieux pas. Il a repensé à comment elle prononçait « William Faulkner » dans les chambres des motels, comment elle regardait dehors et le ciel blanc laiteux qui se reflétait dans ses yeux, comment elle était sûre d'elle devant la glace de la salle de bains.

Vers minuit, il était à sa fenêtre et il fumait encore. Peut-être alors qu'il aurait pu apercevoir un type de dos qui traversait le parking et s'apercevoir aussi qu'il l'avait déjà croisé quelque part. Mais il n'y a pas fait attention. Et en même temps c'était le but, que le type en question passe incognito dans le regard de Dwayne, bien qu'ayant parcouru les mêmes autoroutes, traversé les mêmes plaines monotones sous les mêmes ciels de traîne, c'était le but, qu'il continue de le suivre et l'observer impunément, du moins tant que Dwayne obéissait aux consignes, la mallette de plus en plus serrée dans la main, de plus en plus aimantée par l'échange de plus en plus imminent.

Du moins c'est ce qu'enregistrait, le lendemain sur les quais de Baltimore, le toujours agent du FBI qui écartait les branches des arbres pour pointer son téléobjectif sur Dwayne Koster et l'observait entrer là, dans un jardin public qui dominait la baie, sa mallette à la main. Il n'avait même plus peur, Dwayne, hypnotisé par la marche à suivre, poussant machinalement la grille du petit square pour enfants pour venir s'asseoir là, sur le banc dont il époussetait les premiers pétales de fleurs, s'asseoir là et attendre, parce qu'il avait rendez-vous.

Et sur le banc d'à côté, observait toujours l'agent, quelques minutes à peine après que Dwayne se fut assis, quelques minutes après qu'il eut posé sa mallette à côté de lui, étaient venus s'asseoir à leur tour deux hommes plutôt barbus, manifestement arabes, manifestement grands, rendus plus grands encore par les longues djellabas qui couvraient leurs genoux, discutant l'air de rien, et surveillant leurs enfants qui jouaient dans le bac à sable.

On peut très bien être un activiste irakien, financer la guerre contre les Américains en revendant le patrimoine national et avoir des enfants. De même qu'on peut très bien être américain, avoir laissé ses enfants à la garde de sa femme et laisser une mallette de billets aux dits Irakiens pour qu'ils se fournissent en armes contre ses propres compatriotes. C'est ce qu'allait faire à l'instant même Dwayne Koster, assis là sur un banc à regarder la mer, se demandant peut-être, là, une seconde, en regardant les enfants jouer dans le square, en s'apitoyant sur la petite Samira que son père avait posée de force au milieu du bac à sable, s'il reverrait un jour les siens, d'enfants.

Et les paroles de Lee Matthews lui revenaient à l'esprit, « fais gaffe, Dwayne, personne ne te couvrira si tu déconnes, personne ». Mais Dwayne n'était plus assez lui-même pour avoir encore peur, quelque chose de lui n'était pas là, comme évanoui dans les particules de l'air.

Puis l'un des deux Arabes s'est levé. Il s'est dirigé vers sa fille qui avait avalé du sable, en tout cas avait commencé à pleurer en postillonnant et crachant ce qu'elle pouvait. Alors Dwayne, comme incidemment s'est levé à son tour, comme incidemment a oublié la mallette sur le banc, puis s'est approché du bac à sable. À son tour il a eu l'air de consoler la petite fille, en même temps qu'il fixait maintenant les longs doigts du père qui, dans le même sable humide où Samira pleurait, s'était mis à tracer plusieurs lettres, on aurait dit comme un vieux sage dans le désert marocain, mais par lesquelles bien sûr, pensa l'agent du FBI, oui, évidemment, pensa-t-il encore, ils sont en train d'échanger des informations, par exemple le nom du cargo qui accosterait le soir au quai n° 3.

Et cela, c'était sûr, que Dwayne, la marchandise, il n'allait pas la récupérer là, dans un square pour enfants – et sans qu'on sache encore, à ce moment-là de l'histoire, en quoi elle consistait exactement, la marchandise, juste que c'était des antiquités et que ça valait une fortune, juste aussi que la suite se passait près de ce quai dont l'un des deux Arabes, d'un mouvement de pied, venait d'effacer le numéro sur le sable, parce qu'ils étaient des professionnels et parce que l'enjeu était de taille, si on considère qu'avec les trois cent mille dollars qu'il y avait dans la mallette, eux, les Irakiens, pouvaient s'acheter quelques M16 au Pakistan et continuer de faire sauter des camions de fuel dans le désert, si on considère qu'une fois l'opération faite, lui, Dwayne Koster, ne devait plus entendre parler d'Alex Dennis.

4

Sûrement, si quelqu'un les avait observés, les types commandités par Lee, tous les deux s'installant sur la même grosse moto, les visières noires de leurs casques qu'ils ajustaient dans le silence qui baignait leur départ – si vite interrompu, le silence, par le bruit franc du démarreur, puis le vrombissement de l'accélération –, sûrement, si quelqu'un les avait vus, il aurait vite compris que ces deux-là, à cause de la dureté sans visage de leurs casques intégraux, il fallait les arrêter tout de suite.

Parce que c'est sûr qu'il n'y avait pas besoin de trop d'imagination pour comprendre à quel genre de types on avait à faire, du genre qui remplissent volontiers (non, volontiers peut-être pas, mais disons, sans trop d'états d'âme, en tout cas pas assez pour renoncer ou flancher) ce qu'on nomme un contrat, c'est-à-dire l'exécution sommaire et commanditée d'un gêneur de quelque ordre pour des sommes que tout le monde ou presque peut sortir de son portefeuille, c'est-à-dire, quoi, maximum quinze mille dollars, quelquefois même beaucoup moins, pour acheter l'acte et le silence de l'acte.

Sauf que cette fois, quand même, ce ne fut pas exactement ça. La moto ce soir-là, on aurait presque dit qu'elle était un moyen de transport comme un autre quand ils l'ont garée sagement sur le parking d'un bar, quelque part entre Trenton et Monroe, comme décidés à boire un verre, on aurait dit sagement aussi. Et sitôt entrés là, ils se sont installés au comptoir, et ils ont commandé, une bière pour l'un et un whisky pour l'autre, regardant paisiblement la salle assez peu fréquentée ce soir de semaine. Et donc on n'aurait pas soupçonné qu'ils fussent venus pour autre chose.

Sauf que parmi le peu de gens qui dansaient ou discutaient ou s'ennuyaient sur un canapé, il y en avait quand même un qui les intéressait, et même qu'ils savaient qu'ils trouveraient là à cette heure-là, 23 h 30 ou minuit, à vrai dire pour lequel ce soir-là ils avaient fait le déplacement et qu'ils n'ont donc pas peiné à reconnaître, puisqu'ils le connaissaient. Mais pas l'inverse. Lui ne les connaissait pas. Alors il ne s'est pas inquiété.

D'ailleurs, ils n'ont pas été le déranger dans la discussion qu'il avait entreprise avec une fille plus jeune que lui autour d'un cocktail bleu électrique dont on pouvait conclure sans trop d'erreur qu'il était fait de curaçao, de lait, de glace, et comme inventé pour eux deux buvant dans le même verre avec deux pailles distinctes, elle, fille d'un soir ou de deux, puisqu'il était aussi connu pour ça, Alex Dennis, cette propension à séduire les filles, jeunes et moins jeunes, et la réputation de leur faire tourner la tête.

Mais c'est sûr aussi que depuis ce soir-là, s'il y a des verbes qu'il faut mettre à l'imparfait, ce sont ceux qui concernent son envie de séduire. Et c'est sûr aussi qu'au moment où je dis ça, forcément tous les regards se tournent vers le comptoir où il y a toujours les deux motards qui n'ont pas l'air pressé ni préoccupé de savoir si le couple au cocktail bleu va recommander quelque chose ou bien s'il va se lever dans l'instant, payer puis sortir, et qu'alors lui, c'est sûr, il va la ramener chez lui. Eux, ils savent qu'il ne la ramènera pas chez lui.

Ce soir-là, si effectivement ils vont franchir assez vite le seuil de la boîte encore main dans la main, s'ils vont avoir le temps d'approcher de sa voiture et même qu'elle s'installe sur le siège passager, ensuite c'est clair qu'il n'eut pas le temps d'en user, de sa puissance masculine, quand à l'instant où il contournait l'arrière de sa grosse GMC pour s'installer à son tour au volant, alors les deux messieurs ci-avant présentés, les deux motards désaltérés, chacun d'un côté l'ont escorté vers la nuit, assez discrètement pour qu'elle ne se retourne pas tout de suite, la fille anonyme qui l'attendait encore, et l'ont emmené quelque part, lui, dans l'ombre de quelques arbres, l'un qui lui tenait la bouche close et silencieuse quand l'autre s'arrangeait dans le même temps pour qu'il comprenne, Alex Dennis, que certaines choses ne se font pas.

Puis il a perdu connaissance, le temps à peine d'entendre l'un des types dire, le regardant au sol, quelque chose comme « pour tous les cocus du Michigan », et puis le temps pour elle de s'inquiéter très vite, de l'appeler plusieurs fois de son prénom d'Alex, elle encore retournant vers le bar où le videur sans doute avait compris ce qui s'était passé (pas dans le détail, non, mais compris, disons, que certaines choses se payent), puis la police, puis les pompiers, et peut-être le pire pour lui, ce fut les sirènes de l'ambulance qui l'emmenait à l'hôpital, les sirènes qui semblaient dire à toute la ville qu'il avait comme perdu sa virilité, en un doigt pointé sur lui par les habitants qui pourtant, croyez-le bien, oublièrent aussi vite cette histoire et son principal personnage.

5

On dit que tous les ports se ressemblent. Les mêmes bateaux qui s'affaissent sous le poids des conteneurs. Le même lichen qui s'accroche aux gros anneaux d'oxyde. Le marnage qu'on devine à la longueur des algues sur les parois des môles. Le camaïeu de rouille. Le sentiment aussi que rien n'est jamais neuf, que la rouille irise l'air et comme un tétanos se répand sur les quais à l'heure du crépuscule.

À force, on aurait pu se demander s'il n'allait pas dormir là, Dwayne Koster, au bord de l'Atlantique, tellement le temps passait et tellement dans l'attente tout semblait se déliter, tellement le sens des choses et la courbure du temps, tellement la nuit tombée semblait l'être aussi sur son âme envahie de whisky.

Et c'est seulement quand il a vu sur l'eau les éclats d'une lampe-torche qui s'adressaient à lui que Dwayne s'est souvenu qu'il n'était pas là par hasard, non, pas du tout par hasard quand il s'est redressé sur son siège et qu'à son tour il a actionné les lumières de ses phares vers la Chesapeake Bay. Alors, comme répondant à ce code visiblement établi entre eux, dans la presque nuit il a vu l'ombre d'une barque peu à peu se détacher de l'ombre plus grande du cargo, peu à peu aussi se rapprocher, moteur coupé, du quai, tandis que lui, Dwayne, sortait de sa voiture et se préparait à les accueillir, une lampe-torche qu'il promenait sur le sol, et la peur bien sûr, la peur revenue avec la nuit, le faisant se retourner sans cesse et guetter le moindre bruit, à cause du sentiment que quelqu'un qui ne devait pas être là se tenait quelque part en arrière-plan du port. Et Dwayne se raisonnait et se disait que c'était faux. Et nous depuis longtemps on savait que c'était vrai.

Faire les choses dans l'ordre, essayait-il de penser, voilà une idée raisonnable, continuait-il encore, un instant apaisé par l'usage de sa raison, se disant qu'après ça, après ça il ne remettrait plus jamais les pieds dans ce genre d'histoire, que ce n'est pas lui de faire des choses pareilles, que soudain il aurait cette tendance à penser que même Alex Dennis, bon, c'est un sale type, bon, il aime les femmes et il est ambitieux, bon, mais est-ce qu'il mérite ce qu'ils vont lui faire – ce qu'il ne sait pas qu'ils lui ont déjà fait.

Et la barque s'est approchée de la berge. Et il a attrapé l'amarre du bateau silencieux. Il avait les gestes clairs et presque agiles malgré l'alcool. Et il savait que personne, parmi les trois silhouettes qui en descendaient, ne viendrait vérifier son haleine, quand plutôt que des paroles qui se perdraient elles aussi dans la nuit, ils débarquaient au plus vite plusieurs caissettes de bois, trois exactement, dans les bras de Dwayne qui les déposait aussi vite dans son coffre, là, juste à côté de la crosse de hockey.

Et ce qu'il y avait dans les caisses, je ne l'ai pas encore dit, mais c'était parmi les pièces les plus estimées du musée de Bagdad, des pièces qui témoignaient de l'origine des civilisations et qui avaient, dans mon livre, une valeur symbolique, du moins tel que j'espérais que le lecteur le percevrait, puisque parmi elles, il y avait quand même les plus anciennes traces d'écriture qu'on ait jamais retrouvées au monde, les premières tablettes de pierre sur lesquelles étaient gravés les fragments d'une épopée sumérienne, la même épopée dont certains passages étaient déjà exposés à Londres et à Paris, avait expliqué Lee Matthews à Dwayne – qui, Lee Matthews, avant d'être un vrai bandit était un vrai spécialiste. Sauf que maintenant, spécialiste ou pas, pour ces fragments si précieux, il y avait des types prêts à payer un bon million de dollars. Et tandis qu'il les calait dans son coffre pour ne pas qu'ils bougent, Dwayne se souvenait qu'un temps, il avait été professeur de littérature. Et Dwayne se souvenait d'Herman Melville et de William Faulkner.

Et Dwayne croyait encore entendre des bruits mais depuis trente ans il entendait des bruits, alors il n'y avait pas de raison que cette fois ce soit plus vrai que d'habitude. Et donc il a doucement, très doucement fermé le coffre de la Dodge. Et doucement, très doucement il s'est installé au volant, tandis que sur l'eau, à peine éclairées par la lune, il distinguait les silhouettes des hommes qui s'éloignaient déjà, moteur coupé toujours, dans le son coulé des rames. Et Dwayne à son tour a quitté le niveau de la mer, est remonté sur l'échangeur qui dominait le port, et se disant qu'en roulant bien, demain avant midi il remettrait les si précieuses tablettes à son commanditaire.

6

Quand même il a entendu des bruits.

Sur les sombres routes qui irriguent le pays, ai-je écrit, Dwayne Koster se sent comme aimanté par son rétroviseur, quand depuis plus d'une heure, sur la quatre-voies qui traverse Fort Wayne, c'est évident, une voiture le suit. Et Dwayne a toutes les raisons de ne pas se sentir à l'aise, et personne sans doute ne se sentirait à l'aise la nuit, sur une autoroute américaine, comme enserré par les trop grands arbres, avec trois caisses d'antiquités irakiennes dans le coffre et le soupçon plausible que quelqu'un vous en veut.

Et c'est sûr qu'il ne s'est pas amusé à les ouvrir, les caisses de fragments qui cognaient la tôle à chaque coup de frein pour rappeler qu'elles étaient là, lui, ce qu'il essayait de faire, c'était réfléchir, rassembler ce qui lui restait de lucidité pour réfléchir et savoir si c'était seulement possible que quelqu'un le suive, vu toutes les précautions qu'il avait prises, les détours à travers la nuit, l'évitement des lumières à la sortie des villes, et se perdant sous les arbres à demi endormis qui bordent les nationales, les mêmes arbres qui avaient l'air de surgir à la lumière des phares, on aurait dit qu'ils se réveillaient en sursaut pour se pencher sur sa voiture, et lui dire, comme dans la noirceur d'un conte de fée, arrête-toi, Dwayne, arrête-toi.

Lui, si nerveux sur les routes de l'Indiana, l'œil tiraillé entre son rétroviseur et l'asphalte avalé sous le long capot de sa voiture musclée, lui, il n'aimait pas voir les phares réapparaître dans le miroir intérieur à la sortie d'un virage. Et Dwayne accélérait, ou freinait, ou ne faisait rien, parce que d'abord il préférait ne pas vérifier qu'on le suivait. Il préférait ne pas se rendre compte que la distance des phares derrière presque toujours se maintenait, que presque toujours c'étaient comme deux yeux dans la nuit qui le fixaient dans le rectangle glacé de son rétroviseur. Et c'est à peine s'il se souvenait où il allait. À Detroit, bien sûr. Non, à Chicago, chez Lee Matthews. Il devait lui remettre la marchandise. Ils seraient quittes. Il reverrait Susan. Ou Milly. Il ne savait plus. Il ne voyait plus pourquoi il retournait dans cette région si humide et rouillée, sur ces langues de terre qui entravent la surface des lacs. Qu'il serait mieux n'importe où ailleurs, pensait-il, à chasser le lion des montagnes dans le Colorado ou bien dans la neige du Wyoming, à écrire son grand roman américain à lui.

Et peu à peu la panique s'emparait de lui. Et peu à peu il sentait que cette histoire ne le concernait plus. Alors il était temps de prendre une décision. Il était temps d'en avoir le cœur net, voilà, il s'arrêterait sur la prochaine aire de repos, et si la voiture derrière lui s'arrêtait aussi, alors il verrait, il verrait à prendre une seconde décision.

Et l'autre s'est arrêtée aussi. Et Dwayne l'a vue, dans son rétroviseur toujours, il l'a vue ralentir et s'arrêter dans la nuit profonde. Et Dwayne est resté assis là, continuant de regarder dans son rétroviseur les phares menaçants qui stationnaient là, cent mètres en arrière de lui, et Dwayne réfléchissait, ou plutôt faisait tournoyer dans son cerveau quelques vieux réflexes guerriers d'attente et de compulsion mêlées, comme si là, sur une aire d'autoroute de l'Indiana, il avait été au Vietnam, dans la mangrove d'un fleuve limoneux. Sauf que pour fleuve limoneux, il y avait les six-voies de la route 30 dont les camions scandaient le débit.

Il a ouvert sa portière, Dwayne, et il a essayé de faire comme s'il n'avait pas vu, à l'arrière de la nuit qui le cachait, l'autre portière également s'ouvrir et le type en sortir, sans aucun doute se rapprocher de lui, en tout cas dans sa tête à lui ça ne faisait aucun doute tandis qu'il ouvrait le coffre de sa Dodge, qu'il faisait semblant d'y fouiller sans trop savoir ce qu'il y cherchait. De toute façon, c'était trop tard pour balancer les caisses je ne sais pas où, les fragments millénaires qu'il aurait voulu jeter dans les pissotières, tandis que dans l'habitacle ouvert continuaient de circuler les paroles de Jim Sullivan – des paroles que j'avais choisies exprès pour l'occasion, qui parlaient d'autoroute et de solitude et d'identité perdue, des paroles que Dwayne n'écoutait plus vraiment.

Ce qu'il écoutait vraiment maintenant, c'étaient les pas de l'homme qu'on entendait marcher sur le bitume, le genre de type qui a le malheur d'avoir mis des fers sous ses mocassins qui résonnaient le long du parking et qui avait l'air de trouver normal de faire autant de bruit, je veux dire, dont la psychologie n'avait rien à voir avec la peur ou la tension mais au contraire mimait les types habitués et calmes. Et c'est sûr, a pensé Dwayne, que c'est plus facile d'être calme quand on a un P 38 dans la poche, a pensé ou imaginé Dwayne, que déjà le canon en était dirigé droit sur lui, non pas pour tirer, non pas même pour impressionner, mais juste pour s'approcher et s'approcher encore tandis que Dwayne n'osait pas regarder, continuant de se perdre dans son coffre au milieu des objets qui le peuplaient, au milieu des souvenirs de sa vie d'avant. Le nom de Thoreau sur la couverture de *Walden*. La crosse de hockey. Le visage d'Iggy Pop qui le regardait si fraternellement.

Et soudain, il n'a plus entendu le bruit des fers martelant le sol, soudain il a su que ce qu'il pourrait entendre du type ou de l'ombre du type maintenant, c'était seulement sa respiration ou bien plus que sa respiration : la phrase qu'il allait dire et qui serait quelque chose en forme de litote, quelque chose comme « je peux vous aider ? » ou « fait pas chaud pour un mois de mai ».

Mais peu importe quelle phrase il a failli prononcer depuis, puisqu'il a failli seulement, puisque Dwayne, parmi les choses dans son coffre, avait déjà les deux mains bien serrées sur sa crosse de hockey qu'il tenait comme un enfant qui a peur qu'on lui vole son jouet, les doigts aussi crispés qu'un aigle voudrait serrer sa proie, puisque Dwayne, à cause du soudain silence des chaussures, à cause de savoir qu'à moins d'un mètre en arrière de lui il y avait une silhouette qui ne lui voulait pas du bien, d'un seul geste s'est relevé, dans les mains la crosse que maintenant il tenait à hauteur d'épaule, aussi haut qu'un club de golf au départ d'un long trou. Sauf qu'au lieu d'une balle de golf la crosse est venue s'abattre sur les côtes du type qui s'est écroulé aussi vite sous la force du coup. Sauf qu'au lieu de frapper une seule fois, Dwayne a repris le même geste de golfeur amateur et par trois fois sur les jambes, sur le dos, il a frappé très fort jusqu'à hésiter à lui fracasser le crâne, c'est-à-dire jusqu'à soudain reconquérir une once de conscience et, la crosse toujours en l'air, comme arrêtée dans son mouvement, réfléchir à ce qu'il était en train de faire. Sans plus savoir si la suspension soudaine de son geste était le fruit de ce qu'il venait de faire ou bien de ce qu'il était sur le point de faire, c'est-à-dire incapable de savoir s'il en avait trop fait ou pas assez, comme si aussi, dans ce court laps de temps, était venu se dresser entre lui et l'homme au sol quelque chose comme la loi, quelque chose comme un code pénal soudain érigé en muraille devant lui, une muraille qu'il essayait d'escalader pour au moins voir ce qu'il y avait de l'autre côté – toutes les années sans lumière d'une cellule de prison, toutes les années qu'il a dû multiplier au moins par trois ou quatre quand il a vu la plaque du type, avec dessus qui brillaient dans la nuit, les lettres F, B, et I.

7

Maintenant l'hiver était complètement fini. Maintenant les cerisiers bourgeonnaient dans les longues avenues au-delà d'Eight Mile Road. Maintenant l'odeur des acacias glissait par la fenêtre entrouverte de la Dodge. Il n'aurait pas su dire pourquoi il était revenu là. C'est la dernière chose qu'il aurait pensé faire si on le lui avait demandé, si on lui avait dit : Dwayne, qu'est-ce que tu comptes faire maintenant ? quand dans la nuit de l'autoroute, il a d'abord pris son téléphone et appelé Lee Matthews, et qu'il lui a dit, en hurlant et en gesticulant sur l'aire d'autoroute, il lui a dit qu'il avait déconné. J'ai déconné, il a dit, et des larmes plein les yeux comme un vulgaire sous-fifre qui implore le pardon de son chef et ne le recevra pas, ni pardon ni salut quand à l'instant même, à l'autre bout du fil, il a seulement entendu la voix de Lee qui disait « personne ne te couvrira, Dwayne, pas sur un truc pareil ». Et quand le téléphone s'était comme refermé sur lui, dans le bip du refus qui l'avait laissé là, sidéré, alors il s'est dit ça, Dwayne, il s'est dit que si c'était comme ça, si c'est comme ça, Oncle Lee, je te jure que tes tablettes, tu ne les reverras jamais.

Maintenant il avait même oublié la défense d'approcher. Maintenant il s'était garé sur les dalles blanches du garage. Maintenant il était tard et Susan dormait.

Mais quelquefois il arrive qu'au plus profond du sommeil, il arrive qu'on ressente quelque chose qui n'arrive pas d'habitude. Elle, Susan, elle ne saura jamais quel rêve ou absence de rêve a voulu que d'un coup elle ouvre les yeux, là, sur les 23 h 30 en cristaux liquides de son radio-réveil et qu'elle ait cette intuition si rare de se lever, et puis d'aller jusqu'à la fenêtre, comme d'un regard mesurer la nuit pour voir si la lune ne l'empêchait pas trop d'être nuit. Sauf qu'en guise de lune, ce qu'elle a vu cette nuit-là qui défaisait l'obscurité, ce qu'elle a vu ce fut le faisceau d'une lampe de poche qui éclairait le sol et, comme on dit, le balayait, le sol et le pied des arbres, comme des blocs de lumière qui blanchissaient les troncs.

La lumière de la lampe, elle était dirigée vers la cabane à outils et elle a vu une main, enfin plutôt un gant qui protégeait une main et qui tournait la poignée de la porte. Elle n'a pas mis très longtemps à comprendre que ce n'était pas un étranger qui traînait de nuit dans son jardin mais Dwayne Koster en personne, si on peut dire que c'était le même Dwayne Koster qu'elle avait épousé vingt ans plus tôt, je veux dire, qu'elle avait embrassé sous le bruit des chutes à Niagara – oui, elle a eu cette vision-là, Susan, d'eux tous les deux penchés à rire sous les embruns des chutes.

Il a fouillé dans la cabane avec assez de silence pour qu'elle comprenne qu'on ne devait pas l'entendre, la lumière posée au sol qui s'évasait vers l'intérieur. Et puis elle a vu dans sa main un long manche en bois comme celui d'une bêche ou d'une pelle, et le tout s'avancer derrière les pommiers, dans le genre de coin où elle allait peut-être deux fois par an débroussailler un peu.

Ensuite, elle n'a pas eu besoin de voir l'outil éclairé pour comprendre que c'était bien une pelle. Elle a seulement eu à observer la courbure de son dos pour reconnaître le geste d'un homme qui creuse dans le noir, sa silhouette qui faisait comme des nuances de noir dans le noir, non pas qui dansait mais qui faisait comme des gestes coordonnés et calmes et méthodiques, et juste elle entendait souffler de temps en temps parce qu'il faisait ça vite. Et vite aussi, dans le trou de terre, il a déposé les trois caisses de bois qui encombraient son coffre.

Elle a tout vu dans le détail, Susan, parce qu'elle était toujours à sa fenêtre et qu'elle n'avait pas l'intention de bouger, sûrement pas se recoucher parce qu'elle n'aurait pas dormi, alors finalement elle a pensé qu'elle était bien là : ni l'aider ni bouger mais rester là où les deux choses étaient encore possibles et lui évitaient de prendre une décision. C'était ça qui aurait été le pire pour elle à ce moment-là, prendre une décision.

Donc elle l'a regardé faire et reboucher le trou à la perfection – cela, elle peut le dire, quand le lendemain elle est forcément allée voir et qu'il n'en paraissait rien, du trou, qu'alors elle aurait creusé à son tour si elle n'avait pas vu à la télévision, le matin même, un gars du FBI expliquer en direct qu'un individu dangereux armé d'une crosse de hockey possédait dans son coffre les fragments manquants d'une épopée sumérienne.

Et c'est sûr qu'il aurait pu les mettre à mille endroits. Il aurait pu les cacher au pied d'un arbre, dans la forêt des lacs. Il aurait pu faire une carte et compter le nombre de pas en direction du soleil levant. Mais non, il n'aurait su dire pourquoi, peut-être à la manière des chats qui rapportent leur proie dans les maisons des maîtres, il a pensé à Susan. Il a pensé que les rois sumériens avaient leur place dans un jardin du Michigan, digne sépulture secrète où personne ne viendrait jamais les déranger, en tout cas pas Susan qui, c'est vrai, jamais n'en dirait rien. Peut-être parce qu'elle l'aimait encore, Dwayne. Oui, peut-être, a-t-elle elle-même pensé, tandis qu'il reposait la pelle dans la cabane et puis s'en allait vers sa voiture, sans même lever les yeux vers la fenêtre de sa chambre où peut-être, dans le gris presque noir, il l'aurait distinguée.

Non. Il ne l'aurait pas vue. Je veux dire, même en pleine lumière, il ne l'aurait pas vue. Maintenant il avait compris ça. Qu'il appartenait à une nuit infinie. Une nuit américaine en quelque sorte.

Bon. Après ça, il n'a pas traîné, Dwayne Koster. Il a redémarré sans se retourner ni réfléchir vraiment, on aurait dit que chaque chose qui se passait désormais excédait son cerveau, ou le lexique de son cerveau, on aurait dit que le monde dehors ne se reflétait plus dans des phrases qu'il se serait formulées mais seulement l'aspirait comme la route sa voiture, se souvenant seulement qu'une heure plus tôt, il avait tabassé un type du FBI, que pour ça, avant l'aube, il aurait à ses trousses tous les flics du pays mais qu'avant l'aube aussi, savait-il, il serait loin.

C'est même en sachant cela qu'il a ralenti un instant sur la Van Dyke Avenue. C'est même en sachant cela qu'il a regardé s'il voyait, à travers les baies vitrées de la cafétéria, la silhouette de Milly Hartway.

Effectivement, elle était là, Milly, et elle continuait de mâcher son chewing-gum, en même temps qu'elle passait l'aspirateur avant la fermeture. Au fond là-bas, sur la banquette près des vitres, il y avait cet imbécile de Ronny Reagan, attablé avec un hamburger géant, qui la surveillait, a pensé Dwayne, ou peut-être l'attendait. Et bien sûr c'était toujours Milly Hartway avec son tatouage sur la cheville et ses cheveux décolorés presque blancs à force de teintures mais pour Dwayne qui la regardait depuis la fenêtre de sa voiture, pour Dwayne, non, ce n'était plus l'étudiante qui lui souriait dans son bureau d'Ann Arbor, pas même la fille nue qu'il avait vue se baigner dans le soleil de juin, non, pour Dwayne, Milly Hartway, elle était comme une étrangère dont il aurait été incapable, en même temps qu'il la regardait passer l'aspirateur au sol, incapable de se représenter ni les seins ni les fesses.

Alors il n'a pas tourné sur le parking. Il n'est pas sorti de sa voiture. Il ne l'a pas regardée dans les yeux pour lui dire, je m'en vais.

J'ai hésité sur ce point, qu'il entre là et s'installe au comptoir et peut-être lui propose de partir avec lui. J'ai hésité et puis je me suis dit que non, ça n'avait pas de sens, qu'en Amérique les lignes qu'on trace ne font jamais de boucles.

Et Dwayne a détourné la tête, regardé droit devant lui sur la Van Dyke Avenue, et il a accéléré. Même, il a eu le sentiment que les cent vingt chevaux de sa Dodge le soutenaient et lui disaient de foncer. Fonce, Dwayne Koster, ne te retourne pas.

Alors peu à peu sa folie a pris le pli du paysage. Peu à peu la Dodge a dessiné comme une ligne mentale se glissant à travers le jour qui se levait, filant sur les routes du Missouri, sur le pont de Saint Louis, la même Dodge épuisée déchirant l'Amérique, on aurait dit qu'elle était douée d'une âme qui décidait pour Dwayne et ne s'arrêtait pas, comme diffractant le jour de son temps à elle.

Maintenant ce n'était plus qu'un paysage de silence et de vent endormi, où seulement l'herbe des plaines se souvenait des courants d'air laissés par les camions, où même l'autoroute brûlée par le soleil, trop peu tamisée par les arbres absents le long de la 44, même l'autoroute avait l'air moins hostile, comme si le jour tombant délivrait d'un combat qu'il avait fallu mener aux heures les plus harassantes, le genre de combat métallique et vrombissant que la voiture de Dwayne mène à toute allure vers le Nouveau-Mexique, puisque voilà, c'est clair depuis longtemps, la raison de ce livre c'est Jim Sullivan.

8

Dwayne Koster est arrivé à Santa Rosa, un soir de mai 2003. Il a pris une chambre au La-Mesa Motel. Il a payé d'avance les quarante dollars à la réception. Il a sorti sa valise du coffre de sa Dodge et il l'a déposée dans sa chambre. Un peu plus tard, il a dîné. Un hamburger frites. Une grande bière. Un peu plus tard encore, il s'est endormi.

À l'aube, Dwayne s'est levé. Il a posé doucement la main sur la poignée de la porte et puis il est sorti. Au loin, il a entendu un coyote aboyer mais ça ne lui a rien fait. Il faisait presque chaud malgré l'heure matinale. Il a vu quelques lézards filer sur le sable et peut-être même un serpent mais ça non plus, ça ne lui a rien fait. Il est monté dans sa Dodge et il a fait quelques miles sur l'interstate 80 puis il a bifurqué sur la gauche, sur la route 54 en direction d'El Paso. À la radio, il a entendu des choses qui le concernaient, un avis de recherche qui le décrivait plus ou moins, décrivait sa voiture blanche un peu salie par les deux mille miles parcourus en trois jours, mais cela non plus, ça ne lui a rien fait. Et Dwayne a enclenché le disque de Jim Sullivan dans la platine de l'autoradio. Et il se disait que bientôt, oui, bientôt il serait là-bas, dans le désert craquelé.

Est-ce qu'au fond de lui il sait déjà qu'il va la détruire ? Non, ce n'est pas possible, n'est-ce pas, on ne peut pas se mettre au volant d'une voiture et se dire déjà, consciemment, qu'on va la détruire, sous prétexte qu'une pensée en lui, une seule pensée en lui est allée vers ça, parmi cinquante pensées possibles, cinquante pensées de lui au volant de sa Dodge Coronet blanche, et dans toutes ces pensées, il choisirait celle où il va partir dans le fossé, où il va donner un coup de volant pour aller dans le fossé, non, bien sûr que non, il ne se dit pas ça consciemment.

Au contraire, consciemment il se met au volant et il se concentre, il accélère doucement, très doucement et il se dit que c'est juste comme d'habitude, une voiture qui freine et accélère comme d'habitude, et d'une certaine manière c'est vrai, elle accélère et elle freine comme d'habitude, avec les cent vingt chevaux à l'arrière, se dit-il, comme d'habitude, se dit-il, mais que s'il commence à penser à ça, se dit-il aussi, alors il est foutu, parce qu'alors c'est comme si réellement il était poursuivi par une horde en furie qui lui dit que ce n'est pas lui qui décide, mais eux, les cent vingt chevaux, les cent vingt pur-sang qui galopent juste derrière lui.

Lui, donc, dans son cerveau ça a fait ça, ça a cogné bizarrement ce matin-là, de sorte que les pur-sang derrière, il a eu l'impression qu'ils le rattrapaient, qu'ils allaient lui passer dessus, il a eu cette impression très vive dans la ligne droite, qu'il fallait qu'il accélère parce qu'ils allaient lui passer dessus et le piétiner, et que plus il accélérait, plus ils s'encoléraient juste derrière lui. Il a essayé de se dire des choses, il a essayé de se dire qu'il faudrait ralentir un peu, là, mais lui, l'autre en lui qui conduit ne lui répond pas, il ne sait même pas s'il l'écoute à ce moment-là, il entend seulement les chevaux enragés qui lui collent au train et qui piétinent son cerveau, et alors, je ne sais pas s'il accélère encore mais c'est sûr qu'il ne ralentit pas, que peut-être le compteur, il marque quelque chose comme cent vingt ou cent trente miles, et bien sûr la ligne droite, à un moment c'est très clair, elle va s'arrêter d'être une ligne droite.

Sauf que lui, Dwayne Koster, il n'est plus dans le monde normal, non, il est dans le monde de sa pensée négative, de celle qui a écrasé toutes les autres et qui lui a dit « tu vas me faire taire ces affreux chevaux lancés après toi qui piétinent ton cerveau et insultent ton humanité, tu vas les faire taire pour toujours », et la voix à l'intérieur de lui, la voix, cette fois, elle ne lui parle plus du tout gentiment, d'un coup elle hurle et elle gueule et elle dit juste, Freine ! Freine ! Freine !

Alors lui, comme s'il sortait d'un cauchemar ou quoi, il regarde son visage dans le rétroviseur, ses tempes qui ont eu l'air de finir de blanchir en quelques jours, et à peine un quart de seconde il se regarde comme s'il venait d'arriver là, dans sa voiture, comme s'il venait de quitter Susan ou son bureau à l'université, il regarde droit devant le virage qui se profile et bien sûr il écrase le frein, très fort, des freins qui freinent très bien, sauf que trop tard, un chouïa trop tard et après, après, il entend juste que la roue avant cogne le bas-côté, que déjà il continue de freiner dans le vide parce que là, ça fait déjà un moment qu'il ne touche plus le sol, ça fait déjà un moment que le ciel s'est retourné et qu'il vole, oui, il vole dans le ciel, mais il va retomber, c'est sûr qu'il va retomber et là, ça va faire mal, ça va faire très, très mal.

9

Dans le désert encore rouge à cause de l'aube naissante, dans les pliures du métal, malgré le sang qui coule sur son front, Dwayne Koster voit une ombre s'approcher de la voiture et se pencher sur lui. Ce n'est pas Milly. Ce n'est pas Susan. Non, c'est Jim Sullivan qui lui sourit et lui tend la main. Et Jim lui dit qu'il peut venir lui aussi, il peut venir là-bas, avec lui dans le désert, que là où il est, loin très loin, il y a de la place pour lui. Alors Dwayne sort de la Dodge encore fumante et se met à suivre Jim au milieu des cactus, loin vers là-bas où la terre se durcit. Et Dwayne marche, il marche dans le désert craquelé, et puis voilà, c'est l'Amérique, Dwayne disparaît, disparaît dans le lointain.

CET OUVRAGE A ÉTÉ ACHEVÉ D'IMPRIMER LE DOUZE OCTOBRE DEUX MILLE SEIZE DANS LES ATELIERS DE NORMANDIE ROTO IMPRESSION S.A.S. À LONRAI (61250) (FRANCE)
N° D'ÉDITEUR : 5992
N° D'IMPRIMEUR : 1603348

Dépôt légal : janvier 2017